Edition Liguria

Caponnetto ermittelt – Band 2

Das Buch

Frühlingserwachen in Ligurien. Caponnettos Freude über seinen Beitrag zur Überführung eines Mörders an der Seite von *Commissario* Bonfatti währt nur kurz. Während er sich wieder der *Osteria Il Golfo* und ihrer attraktiven Pächterin Giulia widmen möchte, holt ihn seine Vergangenheit ein.

Ein Gefängnisausbruch in München alarmiert nicht nur das bayerische LKA, sondern auch die italienische Polizei. Caponnetto muss zwischen *Zuppa* und *Dolce* erkennen, dass seine Zeit als *Carabiniere* zwar offiziell vorbei ist, aber noch lange nicht abgeschlossen.

Der Autor

Enrico Palumbo, 1972 in Karlsruhe geboren, hat in München und Venedig studiert. Bevor er in die Wirtschaft wechselte, war er als Journalist für deutsche und italienische Nachrichtenagenturen und Medien tätig. Nach beruflichen Stationen u. a. in Prag, Mailand und Zürich lebt er seit 2019 wieder in Karlsruhe. »Tödlicher *Caffè*« ist der zweite Band seiner Krimireihe um den pensionierten *Carabiniere* Giuseppe Caponnetto.

ENRICO PALUMBO

TÖDLICHER CAFFÈ

Ein Ligurien-Krimi

Die Geschichte und Charaktere in diesem Roman sind rein fiktiv und haben keinerlei Entsprechung in der Realität.

Edition Liguria

Dieser Titel ist auch als E-Book erschienen.

Die Deutsche Nationalbibliothek verzeichnet diese Publikation in der Deutschen Nationalbibliografie; detaillierte bibliografische Daten sind im Internet über http://dnb.dnb.de abrufbar.

Kontakt: Edition.Liguria[at]web.de
Lektorat: Edition Liguria
Titelbild: monticello

Verlag: BoD · Books on Demand GmbH,

In de Tarpen 42, 22848 Norderstedt

Druck: Libri Plureos GmbH,

Friedensallee 273, 22763 Hamburg

ISBN: 978-3-7693-0508-1

Chi nasce tondo non può morire quadrato.

Wer rund geboren ist, kann nicht eckig sterben.

Italienisches Sprichwort

I

Caponnetto war früh dran, er hörte Vögel zwitschern. Die Luft roch nach Frühling.

Wer nicht am Meer lebt und dort nur gelegentlich ein paar Tage verbringt, bemerkt es oft nicht, aber im Frühling riecht das Meer anders: frisch, belebend und weniger salzig als im Winter. Mitunter duftet es sogar leicht erdig, mit einer süßlichen Note, die an Blumen erinnert. Das liegt an den Algen, die sich bei steigenden Temperaturen vermehren, und an den Frühlingswinden, die ihre verschiedenen Gerüche vom Meer an die Küste tragen.

Frühling ist Caponnettos Zeit. Schon immer fühlte er sich in dieser Jahreszeit besonders inspiriert, voller Energie und Tatendrang.

Vor drei Wochen war er zum ersten Mal frühmorgens auf sein neues Sportrad gestiegen. Seither verließ er täglich gegen acht Uhr sein Apartment am Hafen von Savona. Diese Morgenroutine tat ihm gut.

Heute jedoch begann er seine Tour früher als gewöhnlich. Nur deswegen hatten ihn die Männer im schwarzen SUV verpasst. Sie würden auf ihn warten – das war ihr Auftrag.

Nach seinem Unfall auf der Via Aurelia vor acht Monaten hatte Caponnetto verschiedene Phasen durchlaufen: Im Krankenhaus verdrängte er zunächst, welche Einschränkungen die Verletzungen für seinen Dienst bei den *Carabinieri* bedeuten würden. Mit der Knieprothese kam die Gewissheit, dass wenig wieder so sein würde wie zuvor. Und mit dieser Einsicht kam der Zorn: ›Warum gerade ich? Warum gerade jetzt?‹

Damals glaubte er noch, er sei einfach nur zur falschen Zeit am falschen Ort gewesen. Er wollte daran glauben, dass die Kollision auf der Küstenstraße zwischen Finale Ligure und Noli ein tragischer Unfall mit Fahrerflucht gewesen war.

Während der Reha dachte Caponnetto darüber nach, wie er trotz seiner eingeschränkten Diensttauglichkeit die Ermittlungen gegen die *Agromafia* fortsetzen könnte. Er war zu dem Schluss gekommen, dass er keine halben Sachen machen wollte, und entschied sich, lieber ganz aufzuhören. Als dann unerwartet seine *Zia* Antonella starb, überdeckte die Trauer um seine Tante seine eigene Trauer um sein altes Leben.

Noch am Tag seiner Verabschiedung in den Ruhestand war Caponnetto durch seinen Freund *Commissario* Bonfatti in einen neuen Fall verwickelt worden. Gemeinsam hatten sie den Mord an einem alten Mann aufgeklärt. Sie hatten zwar nicht erwartet, mit Lob überhäuft zu werden, aber auch nicht, dass sie mit Polemik überzogen würden.

Caponnetto wollte sich nicht noch einmal in eine solche Situation bringen lassen. Schon gar nicht jetzt im Frühling. Er hatte Ideen, er hatte Pläne. Sein Leben war nahezu perfekt – wäre da nicht die Sache mit Stefania gewesen. Aber irgendetwas war ja immer!

*

Commissario Bonfatti saß in Savona hinter seinem Schreibtisch im dritten Stock der *Questura* und blätterte entspannt durch den Lokalteil der *La Stampa*. Aktuell gab es in seiner Zuständigkeit keinen Fall von öffentlichem Interesse. Daher konnte er hoffen, dass ihm heute nicht wieder sein eigenes Gesicht aus der Zeitung entgegenspringen würde. Auf den Fotos fand er sich meist unvorteilhaft dargestellt – von den Begleittexten ganz zu schweigen.

Nach dem »Fall Serra« hatten die lokalen Blätter die Geschichte mehrere Tage lang genüsslich ausgeschlachtet: Auf die Titelseite »Ex-*Carabiniere* rettet gescheiterte Ermittlung der Polizei« folgte ein Artikel mit der Überschrift »Polizei löst Mordfall – den *Carabinieri* sei Dank!«. Am dritten Tag druckten sie schließlich die Frage »Wer ist besser, die Polizei oder die *Carabinieri*?«. Fakten suchte man im Text vergeblich, unter der Schlagzeile fanden sich lediglich Zitate einer Straßenumfrage.

Als ob es nicht genug Polemik über die Zusammenarbeit zwischen der *Polizia di Stato* und den *Carabinieri* gäbe.

Heute dominierte den Lokalteil ein Bericht über die archäologischen Arbeiten in Albisola. Die Provinzverwaltung hatte aus einem EU-Fond Gelder eingeworben, um die Ausgrabungen an einem Landhaus aus der Römerzeit wiederaufzunehmen.

Die Villa war eines der archäologischen Überreste aus der Zeit von Alba Docilia. Diese antike Stadt befand sich an der Stelle des heutigen Zentrums von Albisola Superiore und war ein wichtiger Knotenpunkt einer Straße, die Rom mit der ligurischen Küste und später mit Südgallien verband. Diese strategische Lage machte Alba Docilia zu einem bedeutenden Zentrum für Handel und Verkehr. In jener Zeit wurde auch der Grundstein für die Tradition der Keramik- und Töpferkunst in der Region gelegt. Bis heute ist Albisola ein bedeutendes Zentrum der Keramikkunst in Italien.

Von den Ausgrabungen versprachen sich die Stadtverwaltung und die Gewerbetreibenden in Albisola zusätzlichen Tourismus aus den anderen Provinzen Liguriens und dem Piemont. Schon seit Wochen wurde mit Anzeigen geworben, und sowohl lokale als auch überregionale Medien berichteten über die Vorbereitungen für die Ausgrabungen.

Irgendwie hatte man es sogar geschafft, ein Fernsehteam der staatlichen Rundfunkgesellschaft Italiens, kurz RAI, an den kleinen Küstenort zu locken, das dann im dritten Programm darüber berichtete, noch bevor der heutige Tag als Termin für den Spatenstich feststand.

Böse Zungen behaupteten, die Nichte eines der Gemeinderatsmitglieder von Albisola habe eine Freundin, deren Schwager in Rom mit einem Mann Padle spiele, dessen Bruder als Pförtner bei der RAI tätig war und daher einen Redakteur kenne, der im dritten italienischen Fernsehprogramm für TG3, die Regionalnachrichten, arbeitete. Dieser habe dann in einer Konferenz mit den Regionalstudios verkündet, er würde gerne mehr schöne Beiträge über die antiken Wurzeln Italiens senden. So habe man es geschafft, das Thema auf die Agenda der Regionalredaktion von TG3 in Genua zu setzen.

›Sollen sie ruhig mehr über Kultur berichten, statt immer nur über Mord und Totschlag‹, dachte Bonfatti. Sein Mobiltelefon klingelte. Der *Commissario* schaute auf das Display und nahm den Anruf an.

„*Buon giorno, Dottore* Hering", Bonfatti war froh, dass der Polizeihauptkommissar des LKA Bayern so gut Italienisch sprach, denn sein Englisch war mehr als eingerostet.

„Ich grüße Sie, mein Lieber. Wie geht es unserem Freund?"

„Ganz ehrlich?"

„Ja, bitte."

„Er hat sich in sein Schneckenhaus zurück-gezogen."

„Und das heißt?"

„Er hat mich genauso abblitzen lassen wie Sie. Ich habe mehrmals versucht, mit ihm zu reden, seit Sie mich angerufen haben, aber er bleibt stur. Caponnetto meint, die Sache interessiere ihn nicht, er wolle nach vorne schauen, bla bla bla."

„Und was denken Sie?"

„Ich weiß nicht, warum er sich so verhält. Mir sind zwar die Hände gebunden, aber ich habe im Rahmen meiner Möglichkeiten natürlich trotzdem etwas unternommen."

„Da bin ich aber gespannt", sagte Hering, lehnte sich in den Stuhl zurück und schaute aus seinem Münchner Bürofenster auf die Marsstraße.

„Also, wie gesagt: Mir sind leider die Hände gebunden. Die Berichterstattung über unsere Ermittlung in dem Mordfall ...", Bonfatti zögerte.

„Ja, ich habe das mitbekommen", sagte Hering trocken.

„Caponnetto hat mir eine Ausgabe der Zeitung geschickt …"

„Die mit dem Foto, auf dem ich so dämlich aussehe?", fragte der *Commissario*.

Hering räusperte sich.

„Ja, ich glaube, da war auch ein Foto von Ihnen in der Zeitung."

„Und das hängt jetzt in Ihrem Büro in München an der Wand neben dem des Ministerpräsidenten?", fragte Bonfatti lachend.

„Nein, mein Lieber, ich habe die Zeitung weitergegeben. Die Botschaft, die mir Caponnetto damit senden wollte, habe ich verstanden", antwortete Hering.

„Sie meinen, dass er mehr Aufmerksamkeit hat, als ihm lieb ist, und er seine Ruhe haben will?", fragte Bonfatti nach.

„Ja", entgegnete Hering knapp.

„Ich habe die Zeitung übrigens an Simone Noce weitergegeben."

Simone Noce, genannt *U Muto*, der Stumme, war in Abwesenheit mehrfach verurteilt und über zehn Jahre flüchtig gewesen. Bei länderübergreifenden Ermittlungen war *U Muto* vor einigen Wochen den Fahndern des LKA Bayern unerwartet ins Netz gegangen, als ihn eine Beamtin bei einer Abhöraktion an seiner Stimme erkannt hatte.

Noce war mit Anfang 30 an der Schilddrüse operiert worden. Dabei hatte der Chirurg wohl versehentlich einen der Muskeln verletzt, die den Kehlkopf steuern. Seither war Noces Stimmfunktion beeinträchtigt, und er sprach nur noch selten.

Stattdessen verständigte er sich mit Gesten oder schrieb kleine Zettelchen. Wenn er doch einmal etwas sagte, klang seine Stimme wie ein Flüstern, manchmal wie ein Krächzen.

Der Chirurg, der Noce operiert hatte, war wenige Wochen nach der Operation verschwunden. Einige Tage später fand man den Arzt stranguliert im Kofferraum seines Autos – mit herausgeschnittener Zunge.

Noces körperliche Einschränkung hatte seinem Aufstieg in der kriminellen Organisation nicht geschadet, im Gegenteil. *U Muto* war zur Verkörperung eines bei Mafiosi beliebten Sprichwortes geworden: »Wer weiß, schweigt. Wer spricht, weiß nicht«

„Vor zwei Tagen habe ich Noce nochmal vernommen. Da habe ich ihm die Zeitung mitgebracht", sagte Hering.

Bonfatti blinzelte.

„Und?", fragte er, obwohl er die Antwort erahnte.

„Na, was denken Sie? Er hat seinem Spitznamen alle Ehre gemacht", entgegnete Hering.

„*Chi sa, non parla; chi parla, non sa.*", sagte der *Commissario* und zitierte das besagte Sprichwort.

„Ja genau", bestätigte Hering und erzählte Bonfatti, wie er am Ende der Vernehmung Noce das Telefonat vorgespielt hatte, in dem das Attentat auf Caponnetto erwähnt wurde: „Der *Capitano* hat unsere Botschaft bekommen. Er wird uns keinen Ärger mehr machen, und wenn doch, wissen wir ja, wo wir ihn finden."

Die Sätze waren laut und deutlich zu hören gewesen. Gesprochen hatte nicht Noce, sondern ein Mann, dessen Identität die Polizei noch nicht kannte.

Hering hatte Noce gefragt, wer dieser mutmaßlich Auftraggeber des Attentats auf Caponnetto sei. Aber *U Muto* hatte nur leicht das Kinn angehoben und seine Zunge sanft gegen den Gaumen geschnalzt, was einen scharfen abweisenden Ton erzeugte.

„Na schön, *Signor* Noce. Ich verstehe", hatte Hering erwidert und aus seiner Tasche die Ausgabe der *La Stampa* hervorgeholt.

„Die Zeitung können Sie trotzdem behalten. Ein kleiner Gruß aus Ihrer Heimat. Die werden Sie so schnell nicht wiedersehen."

Das war vor zwei Tagen gewesen. Jetzt, während Hering und Bonfatti über ihn sprachen, plante Simone Noce seine Flucht. *U Muto* wollte – nein, musste – nach Italien reisen und sich um eine Angelegenheit kümmern, die keinen Aufschub duldete.

*

Der Jüngere der beiden Männer im schwarzen SUV trommelte ungeduldig mit den Fingern auf dem Lenkrad.

„Wir sollten anrufen und Bescheid geben."

„Entspann Dich", entgegnete der Mann auf dem Beifahrersitz, „er hat sich vermutlich heute nur verspätet. Du wirst sehen, gleich kommt er raus."

„Und wenn nicht?"

„Dann können wir in zehn Minuten immer noch anrufen."

Kaum hatte er den Satz beendet, klingelte sein Mobiltelefon. Die beiden Männer schauten sich an, ihre Blicke kreisten in der Fahrerkabine des SUVs umher, als ob sie erwarteten, ein Mikrofon zu entdecken.

„Sagt bloß nicht, ihr habt ihn verloren?!", bellte es aus der Freisprechanlage. Die beiden richteten sich in ihren Sitzen auf. Wieder ließen sie ihre Köpfe kreisen. Sie schwiegen betreten.

„Keine Antwort ist auch eine Antwort. Habe ich es mir doch gedacht! Ihr fahrt jetzt sofort nach Pietra Ligure. Wenn er dort bis heute Mittag nicht auftaucht, bezieht Ihr wieder Posten in Savona. Und Ihr ruft mich an, sobald Ihr wieder Sichtkontakt habt. Verstanden?"

Ohne eine Antwort abzuwarten, legte der Mann auf.

„Fahr schon los", sagte der Beifahrer, „und halt bloß Deine Klappe."

Der Fahrer drückte den Startknopf und lenkte den SUV Richtung *Autostrada dei Fiori*.

I I

An den meisten Tagen fuhr Caponnetto morgens mit seinem Rad von Savona aus nach Osten. Der aufgehenden Sonne entgegen radelte er hoch über den Hügelkamm, vorbei am Krankenhaus San Paolo und zurück zur Küstenstraße in Richtung Albisola. Dort war die Piazza Matteotti sein Wendepunkt.

An der *Pilar Bar* trank er einen Cappuccino, aß eine Brioche und blätterte in den Zeitungen. Anschließend nahm er den kürzeren Weg entlang der Via Aurelia zurück nach Savona.

Zu seiner Zeit im aktiven Dienst hätte er sich solche Routinen nie erlaubt – Routinen machen Menschen berechenbar. Und wer berechenbar war, bot ein leichtes Ziel.

Heute war er früher aufgestanden, da er eine längere Tour in Richtung Westen geplant hatte. Sein Ziel war Pietra Ligure – dort wollte er nach dem Rechten sehen in dem Haus, das einst seiner Tante gehört hatte und nun teilweise von ihm bewohnt, teils umgebaut wurde.

Zum Mittag würde er in die *Osteria Il Golfo* gehen, die ebenfalls zum Nachlass seiner verstorbenen Tante gehörte. Bei dem Gedanken, die Pächterin der Osteria wiederzusehen, wurde ihm etwas mulmig, aber Giulia aus dem Weg zu gehen war auf Dauer keine Lösung.

Die Begegnung mit der attraktiven Frau war für Caponnetto vor allem unangenehm, weil sie ihn daran erinnerte, was für ein Hornochse er gewesen war. Gerade als er und Giulia sich nähergekommen waren, hatte er sich von Stefania überrumpeln lassen.

Seine Ex-Freundin war mehr oder weniger überraschend vor seiner Tür gestanden. Hätte er doch an jenem Abend nur auf seine Intuition gehört und Stefania das Gästebett hergerichtet! Aber es war anders gekommen, und seitdem hatte er Giulia gegenüber ein schlechtes Gewissen – eigentlich ohne Grund, denn zwischen ihm und Giulia war ja noch nichts gewesen. Sie hatten sich öfter in der Osteria gesehen, die sie und ihn als Pächterin und Verpächter verband. Mit jeder Begegnung war Giulia etwas freundlicher zu ihm gewesen. Er hatte sich bemüht, sie besser kennenzulernen und sein Interesse an Giulia nicht verborgen gehalten. Doch dann war Stefania aus Mailand gekommen und hatte alles auf den Kopf gestellt. Er hatte geglaubt, dass die Nacht auch ein Neuanfang mit ihr sein könnte. Jedoch überraschte ihn Stefania schon am Morgen, noch vor dem Frühstück, mit der Nachricht, dass sie zur EPPO nach Luxemburg wechseln würde.

Caponnetto erinnerte sich, dass Stefania schon früher öfter über die Europäische Staatsanwaltschaft gesprochen hatte, die bei grenzüberschreitenden, schweren Fiskaldelikten ermittelte, insbesondere bei Mehrwertsteuer- und Subventionsbetrug zu Lasten der EU. Dass Stefania jetzt nach Luxemburg wechseln wollte, hatte ihn jedoch überrascht und war zugleich ein klares Signal für Caponnetto, dass sie sich nicht binden wollte – zumindest nicht an ihn.

Zu allem Überfluss waren sie im Streit auseinandergegangen. Wieder einmal lag es an einem Missverständnis zwischen ihnen. Caponnetto hatte das Gesicht verzogen, als ihm Stefania eröffnete, dass sie nach Luxemburg wechseln würde – aus Enttäuschung und ein wenig auch aus Ärger über sich selbst.

Stefania hatte seine Reaktion anders interpretiert. Sie glaubte, er missbilligte ihr Engagement bei der EPPO, weil sie sich nun auch mit der *Agromafia* beschäftigte und sie ihn mit ihren Erfolgen übertrumpfen könnte.

Anders als landläufig angenommen waren das Pantschen von Olivenöl und andere Formen von Etikettenschwindel tatsächlich nur ein Deliktsbereich der *Agromafia*. Viel größere Gewinne wurden durch Subventionsbetrug und Schmuggel von Lebensmitteln erzielt. Stefania würde sich also bei der EPPO ebenfalls mit der *Agromafia* beschäftigen, doch nichts lag Caponnetto ferner als solche Rivalitäten und Vergleiche. Zumal er ganz offiziell im Ruhestand war. Dass Stefania dies noch immer nicht erkannt hatte, ihn noch immer nicht verstand, ärgerte Caponnetto mehr als ihr Vorwurf, er gönne ihr den Erfolg nicht. So waren sie auseinandergegangen, noch bevor Caponnetto ihr von der Textnachricht erzählen konnte, die ihn am Vorabend erreicht hatte.

»Müssen reden. Es geht um Deinen Unfall«, hatte der Text gelautet. Caponnetto hatte zunächst nicht reagiert. Später, nach dem Streit und als Stefania gegangen war, hatte er sich leer und einsam gefühlt.

In dieser Stimmung hatte Caponnetto an jenem Morgen zum *cellulare* gegriffen und Kriminalhauptkommissar Manfred Hering eine Antwort auf dessen Textnachricht geschrieben, die viel abweisender klang, als sie gemeint war.

*

Die Frau mit den roten Haaren rollte die Matte zusammen und zog das Gummiband fest. Sie schaute auf ihre Smartwatch und überlegte, wie viel Zeit ihr noch blieb. ›Haare waschen, dann erst morgen‹, dachte sie und zog auf dem Weg ins Bad ihr Top aus.

Vor dem Spiegel betrachtete sie zufrieden ihre Bauchmuskeln und strich dann sanft mit dem linken Zeigefinger über die leicht verhärtete Stelle unterhalb des Schlüsselbeins. Sie setzte den Daumen darauf und schob ihn mit leichtem Druck kreisend von innen nach außen. Schließlich drehte sie sich zur Seite und betrachtete zunächst ihren Bizeps, dann ihr Schulterblatt. Dort, wo die Kugel eingedrungen war, sah die Narbe deutlich besser aus als an der Austrittsstelle am Rücken. Dort war die Wunde größer gewesen und es war schwieriger, die Narbe zu pflegen.

Zwei Kugeln hatte ihre Schutzweste aufgefangen: Eine auf Höhe des Bauchnabels und eine etwas oberhalb vom Brustbeinansatz. Die dritte Kugel hatte sie am äußeren Rand der Überziehweste neben dem Klettverschluss erwischt – zum Glück ein glatter Durchschuss.

Sie zog die Leggings und ihren Slip aus und stellte sich unter die Dusche. In einer Stunde wurde sie erwartet. Dann würde sie einen neuen Auftrag bekommen – endlich!

*

„*Avanti*", rief *Commissario* Bonfatti, und Francesca Nobile trat in sein Dienstzimmer.

„*Buon giorno, Ispettore*! Wie war die Fortbildung in Bologna?"

„*Buon di, Commissario*! Es war sehr interessant. Wir haben einen ganzen Tag lang nur über Mozzarella gesprochen – wie die *Agromafia* durch illegale Wachstumshormone die Milchproduktion der Büffelkühe steigert, Kuhmilch oder Milchpulver dazu mischt, um die Kosten zu senken, und mit Kalk den Gerinnungsprozess beschleunigt."

„Das klingt ziemlich ekelhaft", bemerkte ihr Kollege Gianni Sestri, der inzwischen hinter sie getreten war und das Gesicht verzog.

„Sagen Sie bloß nicht, dass Nobile Ihnen den Appetit verdorben hat, Sestri!", rief Bonfatti belustigt. Nobile trat zur Seite, sodass Bonfatti und Sestri sich direkt ansehen konnten.

„Äh, nein *Signor Commissario*. Wenn Sie mich schon fragen: Ich würde jetzt meine Pause machen."

„Sind Sie deswegen zu mir gekommen?", fragte Bonfatti, der bemerkt hatte, dass Sestri einen Zettel in der Hand hielt. Dabei deutete er mit dem Zeigefinger der rechten Hand zweimal in Richtung der linken Hand von Sestri, drehte dann die Hand und winkte Sestri dann mit dem Zeigefinger zu sich. Sestri schaute erst zu Nobile, dann wieder zum *Commissario* und trat zwei Schritte nach vorne.

„Ich würde wirklich gerne eine kurze Pause machen und etwas essen …"

„Der Zettel, Sestri. Was steht auf dem Zettel?", fragte Bonfatti ungeduldig.

„Bei der Ausgrabung in Albisola", druckste Sestri, „da wurde eine Leiche gefunden, aber eine ganz alte. Ist also nicht so eilig!"

„Wie alt?", fragte Nobile.

„Na so zwischen 20 und 25 Jahren."

„Aber was reden sie da, *Agente*? 25 Jahre sind doch nicht alt", sagte Bonfatti ungehalten.

„Ich glaube, er meint, die Leiche ist schon 20 Jahre oder mehr tot, richtig?", warf Nobile ein.

Sestri nickte heftig mit dem Kopf.

„Ja, genau. Die von der Ausgrabung haben gemeint, der Tote würde da schon über 20 Jahre liegen."

„Aha, und deswegen meinen Sie, wir könnten erst noch einen *Caffè* trinken und eine Focaccia essen, bevor wir losfahren?", fragte Bonfatti.

„Ja genau", sagte Sestri erleichtert.

Der junge Polizist strahlte über das ganze Gesicht, bis er den bohrenden Blick von Nobile bemerkte. Seine Kollegin schüttelte kaum merklich den Kopf.

„Also ich hole dann Mal den Wagen, *Signor Commissario*", sagte Sestri kleinlaut.

Bonfatti drehte seinen Kopf zu Nobile.

„Und Sie kommen mit!"

*

In Pietra Ligure fuhr der schwarze SUV auf der Viale Europa in Richtung Via S. Francesco. Die beiden Männer wussten, dass sie nicht direkt vor Caponnettos Haus parken konnten. Dort würden sie sofort auffallen. Sie suchten daher nach einer

Seitenstraße oder einem Gebäude, dass ihnen ein gutes Versteck bot, und zugleich erlaubte Caponnetto zu sehen, wenn er sich seinem Haus näherte.

„Also ich sage Dir, wir verplempern hier nur unsere Zeit", grummelte der ältere der beiden Männer.

„Warum soll Caponnetto ausgerechnet heute nach Pietra Ligure fahren, wenn er sonst immer in die andere Richtung fährt?"
Der Mann am Steuer betrachtete seine Fingernägel und schüttelte den Kopf.

„Pasquale, Du denkst zu viel. Und Du redest zu viel. Wir sollen in Pietra warten, also warten wir in Pietra. *Basta*!"

„Trotzdem würde ich gerne wissen, warum der Alte so sicher ist, dass wir heute hier warten sollten und nicht anderswo."

„Er hat seine Quellen. Mehr müssen wir nicht wissen. Du nicht, und auch ich nicht. *Hai capito?*"

„Ja, natürlich habe ich verstanden", knurrte Pasquale, „keine Fragen stellen, nur Befehle ausführen."

*

Caponnetto war der SUV vor einigen Tagen zum ersten Mal in Savona aufgefallen. Das Modell an sich war nicht ungewöhnlich; man sah häufiger Fahrzeuge dieses Typs auf den Straßen, aber die abgedunkelten Scheiben hatten seine Aufmerksamkeit erregt. Dann glaubte er, den Wagen auf dem Parkplatz der alten Bahnstation in Albisola wiedererkannt zu haben, und hatte sich das Kennzeichen gemerkt. Beim nächsten Mal wollte er prüfen, ob es der gleiche Wagen war – falls es ein nächstes Mal gäbe.

Während all der Jahre im Dienst der *Carabinieri* war es für ihn zur Gewohnheit geworden, seine Umgebung zu beobachten, auf Unregelmäßigkeiten und Abweichungen zu achten. Und auf das, was nicht in die Szenerie passte, etwa ein Motorradfahrer, der in Palermo einen Helm trug. Was andernorts eine normale Sicherheitsmaßnahme war, konnte in den Straßen von Palermo oder Neapel Gefahr bedeuten, wenn sich hinter dem Helm ein Killer versteckte. Eben weil dort kaum jemand ohne Helm fuhr, konnte ein plötzlich auftauchender Fahrer mit Helm gefährlich sein.

Auch ein Fahrzeug, dem man in wenigen Tagen mehrmals begegnete, konnte Gefahr bedeuten. Es war so gesehen ein glücklicher Zufall für Caponnetto, dass ihm ein Fiat 500 an der Kreuzung Via Soccorso und Via S. Francesco die Vorfahrt nahm.

Um die Kollision zu vermeiden, bog Caponnetto mit seinem Sportrad rechts in die Via Soccorso ein, statt geradeaus weiterzufahren. Er wollte zweimal links abbiegen und etwas oberhalb vom Spielplatz wieder auf die Via S. Francesco stoßen.

Als er jedoch in die Via Alberti einbog, sah er am Ende der Straße einen schwarzen SUV. Caponnetto drehte sofort um.

*

Die Absperrung, die errichtet worden war, um allzu neugierige Besucher der Ausgrabungen auf Distanz zu halten, bildete nun eine natürliche Barriere für die Tatortsicherung. Das erleichterte die Arbeit der Ordnungskräfte, die nach der Meldung der Archäologen als Erste vor Ort gewesen waren.

Als sie Bonfatti erkannten, hoben die Männer das Metallgitter zur Seite, um den *Commissario* in den inneren Bereich der Absperrung vorzulassen.

Unter einem weißen Zelt lag ein größtenteils freigelegtes Skelett. Daneben kniete Cristina Donati und machte Fotos.

„*Signor Commissario*", sagte sie zur Begrüßung und zwinkerte Bonfatti an. Der lächelte zurück und erwiderte: „Und, Frau Pathologin, was haben Sie heute für mich?"

„Männlich, wie alt er zum Todeszeitpunkt war, kann ich noch nicht genau sagen. Vielleicht Ende 20, vielleicht auch Anfang 30. Ansonsten stimme ich den Archäologen zu. Die Leiche liegt hier vermutlich schon 20 oder 25 Jahre. Ich bin gleich mit der Dokumentation fertig, dann können wir einladen. Den abschließenden Bericht kriegst Du in den nächsten Tagen, erste Ergebnisse vielleicht schon bis heute Abend."

„Oh, ein Grund mehr, mich auf heute Abend zu freuen", antwortete Bonfatti.

Nobile verdrehte die Augen. Seit ihr Chef und die Gerichtsmedizinerin wieder ein Paar waren, musste sie sich dieses Geturtel häufiger anhören.

Der *Commissario* schaute seine junge Kollegin an.

"Was denken Sie, *Ispettore*?"

"Tja, alleine in die Grube gelegt und zugeschüttet hat er sich vermutlich nicht, also hat ihn jemand hier abgelegt."

"Aber warum gerade hier?"

"Na ja, das ist kein schlechter Platz, um eine Leiche dauerhaft verschwinden zu lassen: Die Ausgrabungen ruhten schon seit Jahrzehnten. Wenn hingegen die Leiche irgendwo auf einem Acker vergraben würde, wo dann nach ein paar Jahren Wohnhäuser gebaut werden sollen …"

„Dann kommt beim Ausheben der Baugrube plötzlich ans Licht, was für immer im Dunklen bleiben sollte …", ergänzte der *Commissario* und fügte hinzu: „Andererseits ist das hier als Versteck doch auch ganz schön aufwendig: Man muss über den hohen Zaun …"

„Entschuldigen Sie, *Commissario*, das stimmt nicht ganz. Früher war der Zaun nicht so hoch, da konnte man leicht auf das Gelände", unterbrach Nobile.

„Ah ja, woher wissen Sie das?"

„Ich bin hier in der Nähe aufgewachsen und war als Kind mit meiner Familie öfter hier am Strand in Albisola. Für meine Schwester und mich war die Ausgrabungsstätte damals so etwas wie ein Abenteuerspielplatz."

Bonfatti nahm sein Mobiltelefon aus der Jackentasche.

„Schon 12 Uhr durch", rief er aus. „Sie kommen hier doch sicher alleine klar, Nobile? Ich muss dringend los. Wir sehen uns später in der *Questura*. Sie und Sestri finden eine Fahrgelegenheit zurück, oder?"

Ohne auf eine Antwort zu warten, lief der *Commissario* eilig davon, bat den verdutzten Sestri auszusteigen und startete den Wagen.

Vor der Tür strich sich die Frau mit den roten Haaren eine Locke hinters linke Ohr. Sie trug jetzt ein silbergraues, schmal geripptes Kleid und cremefarbene Sneaker.

Ihr Klopfen wurde sofort beantwortet.

„Moment, bitte." Dann öffnete sich die Tür.

„Kleine Planänderung Wagner. Kommen Sie mit", sagte der Leiter von Dezernat 53. Er lief schräg über den Korridor auf eine andere Tür zu. Dort klopfte er an, öffnete die Bürotür, ohne auf eine Reaktion zu warten, und streckte den Kopf hinein.

„Sie ist da!", sagte er, zog den Kopf wieder raus und trat zur Seite, um die Tür freizugeben.

Kriminalhauptkommissar Hering erhob sich und trat hinter seinem Schreibtisch hervor.

„Guten Tag, Frau Wagner, freue mich, Sie kennenzulernen. Ich bin Manfred Hering."

Andrea Wagner schüttelte seine Hand.

„Es haben sich Umstände ergeben, die eine Planänderung erforderlich machen, aber bitte nehmen Sie doch Platz."

Wagner trat zwei Schritte nach vorne und erfasste, während sie gegenüber von Hering Platz nahm, mit einem schnellem Blick, was auf seinem Schreibtisch lag: ein Fax, gesendet von einer italienischen Nummer, zwei Fotos, die vermutlich denselben Mann zeigten und im Abstand von etwa zehn bis fünfzehn Jahren aufgenommen worden waren. Das ältere Foto war grobkörniger und zeigte den Mann von schräg oben. Die Aufnahme stammte wahrscheinlich von einer Überwachungskamera. Auf dem neueren Foto war der Mann im Profil zu sehen: zwischen fünfzig und sechzig Jahre alt, mit schütterem Haar und blasser Haut. Es war vermutlich ein Polizeifoto, gemacht nach einer Festnahme.

„Und ich hatte mich so auf den Koffer mit Falschgeld gefreut", sagte Wagner in gespielter Unschuld.

Hering hob eine Augenbraue.

„Kleiner Scherz. Aber hören Sie, Herr Kriminalhauptkommissar: Bevor ich nach Italien fahre, muss ich noch einmal schnell nach Hause und meine Sonnenbrille holen. Wie lange ist er schon auf der Flucht?"

Hering schaute überrascht. „Sie wissen, dass es nach Italien geht? Wer hat Sie informiert?"

„Na, Sie selbst. Offenbar gibt es etwas, das dringender ist als der verdeckte Einsatz bei den Geldfälschern – etwas, um das Sie sich persönlich kümmern. Und auf ihrem Tisch liegen ein Fax aus Italien und Bilder eines Mannes, der vermutlich lange auf der Flucht war, aber dann festgenommen wurde."

Wagner strich sich mit beiden Händen die roten Haare hinter die Ohren.

„Daher nehme ich an, dass der Mann kürzlich geflohen ist und jetzt in Italien vermutet wird."

Hering war begeistert. Andrea Wagner war genau das Profil, das er jetzt brauchte. Er nahm das Polizeifoto und reichte es ihr über den Tisch.

„Simone Noce, Jahrgang 67, geboren in San Luca, Kalabrien. In Italien mehrfach in Abwesenheit zu insgesamt über 30 Jahren verurteilt. Auch in Deutschland sind zwei Verfahren anhängig."

Andrea Wagner betrachtete das Bild, griff dann nach dem älteren Foto und legte beide vor sich auf den Tisch.

„Wie Sie richtig kombiniert haben", fuhr Hering fort, „vermuten wir Noce in Italien. Zumindest haben wir ihn dort zuletzt gesehen."

Wagner war jetzt im Flow, einem Zustand intensiver Konzentration, vertieft in die Gedanken, die beim Betrachten der Bilder in ihr aufstiegen. Im Flow fühlte sie sich frei und leicht, auf angenehme Weise der Welt entrückt und doch tief in sie versunken. Der Moment dauerte nur wenige Sekunden, fühlte sich für Wagner jedoch viel länger an. Für sie schien die Zeit stillzustehen, wenn sie im Flow war.

Manche Menschen erleben diesen Flow-Zustand beim Sport oder wenn sie anderen Hobbys nachgehen. Für Wagner waren es komplexe Ermittlungen, bei denen sie Hinweise zusammensetze wie ein Puzzle, um auf eine Spur zu kommen. Während der Zwangspause nach dem letzten Einsatz hatte sie diesen Zustand, in dem sie ihr volles Potenzial ausschöpfen konnte, vermisst. Jetzt war dieses Gefühl von Erfüllung und Fokus wieder da.

Sie war wieder da.

„Und jetzt wollen Sie, dass ich ihn finde? Wie lange ist er schon auf der Flucht?", fragte Wagner.

„Er hat etwa zehn Stunden Vorsprung. Gestern hat er sich in die Krankenstation der JVA Stadelheim bringen lassen und heute Nacht ist er dann abgehauen."

›Zehn Stunden … zehn Stunden‹, hallte es in Wagners Kopf. Das war ein großer Vorsprung, wenn man keinerlei Hinweise auf das Fluchtziel hatte, aber bei Noce war das anders.

Am Morgen, gegen sechs Uhr, war *U Muto* an einem *Autogrill* in der Nähe von Saronno gesehen worden. Ein Polizist in Zivil hatte ihn zunächst nicht erkannt, aber Noce war ihm dennoch aufgefallen. Er war herumgeschlichen wie ein Taschendieb, der ein Opfer sucht. Tatsächlich hatte Noce kurz darauf an der Bar der Raststätte einem Mann, der auf seinen *Caffè* wartete, die Brieftasche entwendet. Gerade als der Polizist einschreiten wollte, erkannte er Noce und tat geistesgegenwärtig das Richtige: Er ließ ihn mit der Brieftasche ziehen, folgte ihm mit etwas Abstand, notierte das deutsche Kennzeichen des Wagens, in den Noce gestiegen war, und machte Meldung.

Die Kollegen der *Polizia di Stato* wollten ihm erst nicht glauben, denn die bayerische Justiz hatte zu dem Zeitpunkt Noces Flucht noch nicht bemerkt und daher noch keine Suchmeldung veröffentlicht. Doch ein Foto, das der Polizist gemacht hatte und in der Zentrale abgeglichen wurde, zerstreute die letzten Zweifel: Es war »Der Stumme«. Den Wagen hatte er in der Nähe der Justizvollzugsanstalt Stadelheim in einer Seitenstraße gestohlen.

›Drei, vier Tage maximal‹, dachte die Fahnderin, dann ist der Fall Noce abgeschlossen. Solange könnte der Einsatz gegen die Geldfälscher warten. Andrea

Wagner hoffte, dass es auch der Kriminaldirektor so sehen würde.

Wagner schaute auf ihre Uhr.

„Zehn Stunden, sagen Sie? Und der Kontakt vor Ort?", fragte sie knapp.

„Polizeipräsidium Savona, *Commissario* Antonio Bonfatti. Sie fliegen nach Nizza. Von dort sind es etwa zwei Stunden mit dem Auto bis Savona. Mietwagen ist schon reserviert, Hotel ebenfalls. Bonfatti weiß noch nichts von seinem Glück, aber ich rufe ihn gleich nach unserer Besprechung an ..."

Andrea Wagner bemerkte, dass Hering am Satzende die Stimme nicht gesenkt hatte, und nahm daher an, dass er noch etwas sagen wollte. Aber Hering schwieg. Er zögerte.

„Gibt es noch etwas, das ich wissen sollte, Herr Kriminalhauptkommissar?"

„Mhm, ja also ... an Noce und seinem Clan war ein Kollege der *Carabinieri* dran. Er ist zwar seit einigen Monaten im Ruhestand, aber er lebt ohnehin ganz in der Nähe. Ich denke, Sie sollten ihn treffen."

„Und warum?"

„Warum? Weil Giuseppe Caponnetto ein guter Polizist ist!"

„Sie meinen, er war ein guter Polizist. Er ist ja jetzt im Ruhestand, wenn ich Sie richtig verstanden habe."

„Vielleicht ist Noce auf dem Weg zu ihm."

„Aha, und Sie denken, wenn ich nah genug beim Käse bin, fange ich die Maus?", fragte Wagner.

„Ja, so in etwa. Und wie gesagt, Caponnetto kennt sich aus", schob Hering nach.

Tatsächlich war er sich gar nicht so sicher, wie Caponnetto reagieren würde, wenn er ihm den

Besuch einer deutschen Zielfahnderin ankündigte. Caponnetto war nicht mehr im Dienst und hatte deutlich gemacht, dass er die Dinge ruhen lassen wollte. Aber vielleicht würde er ihm zuliebe die Kollegin unterstützen – und zugleich wäre er besser beschützt als heute. Das zumindest war Herings Hoffnung.

Wagner warf Hering aus den Augenwinkeln einen skeptischen Blick zu.

„Ich arbeite lieber mit Kollegen, die ich kenne. Aber wenn es Ihnen wichtig ist, werde ich diesen Caponnetto kontaktieren. Schreiben Sie mir seine Nummer und wo ich ihn treffen kann."

Hering nickte, stand auf und streckte seine Hand aus. Wagner erhob sich ebenfalls und drückte fest Herings Hand.

„Ich muss los, die Uhr tickt. Ich melde mich von unterwegs", sagte Wagner.

„Moment", Hering zog etwas aus der obersten Schublade seines Schreibtisches und legte es vor Wagner auf den Tisch.

„Nehmen Sie das mit", sagte er und zog seine Hand zurück. Wagner wickelte die Zeitung, die als Geschenkverpackung diente, ab.

„Für den Fall, dass ich in Italien nichts Essbares finde?", fragte Wagner ungläubig und schaute auf die Dose Heringsfilet: »in Senf-Creme« stand auf dem Deckel.

„Nein als Erkennungszeichen. Bonfatti wird dann sagen: »in Tomaten-Creme schmeckt mir Hering besser«."

Wagner taxierte den Kriminalhauptkommissar und wickelte die Dose wieder in die Zeitung ein.

„Jetzt nehmen Sie mich auf den Arm, oder?"

„Ja, stimmt", sagte Hering lachend.

„Aber was ich Ihnen jetzt sage, Frau Wagner, das ist wirklich wichtig."

„Okay, bin ganz Ohr …"

„Bestellen Sie keinen Cappuccino nach 10 Uhr 30 – zumindest nicht in Gegenwart von Bonfatti oder Caponnetto!"

›Na, das kann ja lustig werden‹, dachte Wagner und ging zur Tür.

I V

Die Sonne schien, aber noch wärmte sie nicht. Als Caponnetto um die Ecke bog und sah, dass drei Tische auf der Terrasse besetzt waren, freute er sich.

Es hatte einige Zeit gedauert, bis sich in der Gegend herumgesprochen hatte, dass die Osteria eine neue Pächterin hatte. Doch nach und nach waren mehr Einheimische und Touristen gekommen, die die neue *Osteria Il Golfo* testen wollten. Die meisten Gäste waren sehr zufrieden und kamen wieder. Ein neuer Kreis von Stammgästen hatte sich etabliert. Jetzt bedauerte Caponnetto, dass er in den vergangenen Wochen nicht häufiger vorbeigekommen war.

Giulia hatte einen Instagram Account für die Osteria angelegt, daher wusste Caponnetto, dass heute Zitronenrisotto auf der Tageskarte stand. Er kannte das Rezept aus dem Buch seiner Tante Antonella, das er beim Aufräumen des Hauses in Pietra Ligure gefunden hatte. Über Jahre hatte sie dort alle Lieblingsrezepte notiert, und Caponnetto hatte das Buch Giulia überlassen, damit einige der Rezepte durch die Osteria weitergetragen wurden. Der *risotto al limone* war einfach zuzubereiten.

In einem Topf wird etwas Butter mit frisch gepresstem Zitronensaft angeschmolzen, dann wird der Reis hinzugegeben und unter Rühren angebraten, bis die Körner vom Fett überzogen sind. Unter Zugabe von Gemüsebrühe gart der Risotto bei mittlerer Hitze ohne Deckel, bis er aufquillt und gar, aber noch bissfest ist. Nebenher werden Pinienkerne in etwas Butter goldgelb geröstet. Diese werden später, vor dem Servieren, auf das Risotto gestreut. Zuvor werden Petersilienblätter und kleine Stücke Zitronenschale fein gehackt und mit Parmesan unter den Reis gehoben.

Caponnetto hatte das Rezept selbst ausprobiert und fand es nicht nur sehr schmackhaft, sondern auch praktisch, vor allem im Frühling. Er hatte die notwendigen Zutaten immer zur Hand: Pinienkerne nahmen nicht viel Platz ein und waren daher in seiner Küche stets vorrätig, die Zitrone und Petersilie konnte er frisch im Garten ernten. Der Hartkäse aus Parma gehörte zu seinem Kühlschrank wie der Stromanschluss. Genau genommen fiel eher der Strom aus, als dass Caponnetto nicht zumindest ein kleines Stück Parmesan im Haus hatte.

Gerade als Caponnetto die Tür zur Osteria geöffnet hatte und eintreten wollte, kam ihm Conchetta entgegen, beladen mit einem Tablett voller Gläser und Karaffen mit Wasser und Wein.

„Buon giorno, Dottore, suchen Sie sich einfach einen Platz aus. Ich bin gleich bei Ihnen."

Caponnetto wollte sich erkundigen, wo Giulia war, fand das aber unpassend. Es war ohnehin ungewöhnlich, dass Concetta, die Aushilfsköchin, im Service aushalf, und offensichtlich hatte sie viel zu tun.

Caponnetto musste nicht lange warten, bis sich sein Freund Antonio Bonfatti zu ihm gesellte. Die beiden hatten sich seit Wochen nicht gesehen. Sie hatten einige Male telefoniert, doch die Gespräche waren von ihrer Meinungsverschiedenheit über das abgehörte Telefonat überschattet.

Die bayerische Polizei hatte bei einer Überwachung Hinweise erhalten, dass der Zusammenstoß von Caponnettos mit einem Lastwagen vor einigen Monaten kein Unfall gewesen war, sondern ein Attentat. Ein Anschlag, dessen Ziel es war, ihn und seine Ermittlungen gegen die *Agromafia* zu stoppen. Kriminalhauptkommissar Hering aus München hatte, nachdem er von der Aufnahme erfahren hatte, zunächst Caponnetto verständigt. Doch dessen Reaktion auf die SMS, die ihm Hering geschickt hatte, war ganz anders ausgefallen als erwartet. *„Me ne fotte"*, hatte Caponnetto geschrieben.

Hering empfand »Ist mir scheißegal« als Antwort eine Spur zu vulgär. Er hatte Caponnetto einige Tage in Ruhe gelassen und dann erneut kontaktiert, um ihn zu überzeugen, sich für die Wiederaufnahme der Ermittlung einzusetzen. Nicht zuletzt aus Sorge, die Hintermänner könnten einen weiteren Anschlag planen. Offenbar war Caponnetto zu seiner Zeit als Ermittler bei den *Carabinieri* auf der richtigen Spur gewesen. Doch auch nach Wochen fand Hering bei Caponnetto kein Gehör und wandte sich schließlich an den *Commissario*.

Bonfatti hatte immer an der Unfalltheorie gezweifelt. Während Caponnetto im Krankenhaus lag, hatte er sich nicht gescheut, einen offenen Streit mit dem Polizeipräsidenten zu riskieren, um die Ermittlungen zu forcieren. Der *Questore* hatte den *Commissario* daraufhin für befangen erklärt und die Ermittlung einem neuen Kollegen übertragen, der sie jedoch nach einigen Wochen ergebnislos eingestellt hatte.

Bonfatti war daher sofort auf Herings Seite gewesen und hatte ebenfalls versucht, Caponnetto zu überzeugen, die »Sache nicht auf sich beruhen zu lassen«. Doch sein Freund hatte abgewiegelt.

„Da macht sich einer wichtig, der sonst nichts zu sagen hat", war sein Kommentar zu dem abgehörten Telefonat.

„Der Kerl hat vermutlich aus der Zeitung von dem Unfall erfahren und brüstet sich jetzt damit, dass er mich zur Strecke gebracht hat."

Bonfatti war ebenso hartnäckig wie Hering, doch auch ihm gegenüber reagierte Caponnetto von Mal zu Mal gereizter, wenn das Thema zur Sprache kam. Und selbst wenn es nicht angesprochen wurde, stand es laut dröhnend zwischen ihnen. Beide gingen auf Abstand.

Als Bonfatti vor zwei Tagen via WhatsApp Caponnetto gefragt hatte, ob sie sich zum Mittagessen in der Osteria treffen wollten, war Caponnetto sehr froh gewesen. Er hatte seinen Freund vermisst und hoffte, die Einladung wäre eine Art Friedensangebot von Bonfatti.

›Er wird mir nicht mehr auf die Nerven gehen, und ich kann mal wieder in der Osteria vorbeischauen‹, hatte Caponnetto gedacht. Dazu passte so gar nicht, dass es nun er sein würde, der den *Commissario* um einen Gefallen bitten wollte: Bonfatti sollte den Halter des verdächtigen SUVs in Erfahrung bringen.

Während diese Gedanken durch Caponnettos Kopf zogen wie Wolken bei starkem Westwind, trat Bonfatti an den Tisch.

„*Ciao* Antonio, schön Dich zu sehen!", Caponnetto erhob sich von seinem Platz und umarmte seinen Freund.

„*Ciao* Peppino! Mensch, Du bist ja richtig in Form – das Radfahren scheint Dir gutzutun!"
Bonfatti nahm Platz und schaute auf seine Uhr. Es war 12 Uhr 30.

„Und Du? Bist Du in Eile?", fragte Caponnetto der den Blick bemerkt hatte, und mit dem Kinn in Richtung des Handgelenks von Bonfatti nickte. Der *Commissario* überging die Frage und griff nach der Speisekarte.

„Hast Du schon gewählt?", erkundigte sich Bonfatti

„Ja, ich nehme das *Risotto al limone!*"

„Vorspeise?", fragte Bonfatti.

„Einen kleinen Salat vielleicht. Worauf hast Du Lust? Wir können Conchetta auch nach einer Empfehlung fragen ..."

„Conchetta? Ist Giulia denn heute nicht da?", erkundigte sich Bonfatti der wusste, dass es Caponnetto ein Anliegen war, wieder Kontakt mit Giulia aufzunehmen, der schönen Pächterin der Osteria.

„Keine Ahnung, Antò. Als ich kam, war Conchetta im Service. Giulia habe ich nicht gesehen. Wird schon noch kommen."
Den letzten Satz sprach Caponnetto vor allem als Aufmunterung zu sich selbst.

„Dann wollen wir es nicht zu kompliziert machen. Ich nehme, was Du nimmst", sagte Bonfatti und suchte den Blickkontakt mit der Aushilfsköchin.

Nachdem Conchetta die Bestellungen aufgenommen und Wasser gebracht hatte, eröffnete Caponnetto das Gespräch. Er versuchte, möglichst beiläufig zu klingen.

„Ach, bevor ich es später wieder vergesse …"
Er machte eine Pause.

„Ja, was denn?", fragte Bonfatti nach einigen Sekunden.

„Was meinst Du?", erwiderte Caponnetto unschuldig.

„Du hast eben einen Satz begonnen und nicht beendet, es ging um etwas, dass Du nicht vergessen wolltest."

„Ach ja, ist gar nicht so wichtig. Es geht um ein Auto. Da ist so ein Kerl, der sein Auto immer dicht an meiner Einfahrt parkt. Das nervt! Gerade jetzt, wo ständig die Handwerker kommen und gehen. Ich dachte, Du kannst mir vielleicht den Name und die Anschrift des Halters geben, dann schreibe ich einen höflichen Brief", Caponnetto ergänzte, „Vielleicht kannst Du gleich nachfragen?"
Er schob er dem *Commissario* einen Zettel mit dem Kennzeichen über den Tisch.
Bonfatti griff nach dem Zettel.

„Was für ein Auto ist das denn?"

„Ach, das ist so ein schwarzer Geländewagen", sagte Caponnetto in gelangweiltem Ton.
Der *Commissario* war hellwach.

„Ja klar, ich kümmere mich darum."

Caponnetto sah verwundert, dass Bonfatti den Zettel in die Jackentasche steckte und nicht, wie er gehofft hatte, gleich in der *Questura* anrief.

„Im Polizeipräsidium ist jetzt auch Mittag. Wird ja nicht auf eine Stunde ankommen, oder?", kommentierte Bonfatti den Blick seines alten Freundes. Caponnetto blieb nichts übrig, als zustimmend zu nicken, zumal Conchetta mit den Salaten an den Tisch trat.

„Insalata di puntarelle per due!"

Caponnetto schob die Pfeffermühle und den Salzstreuer zur Seite, um Platz zu machen für die beiden Teller mit den feinen, länglichen Blättern, die aus den inneren Trieben der *cicoria* stammten. Ihr leicht bitterer Geschmack in Kombination mit etwas Zitrone und kleinen Sardellenstücken ergibt eine sehr besondere Mischung aus Bitterkeit, Säure und Salzigkeit und passt aus Caponnettos Sicht hervorragend zum Frühling.

„Danke. Sind Sie Arme denn ganz alleine heute?", versuchte Bonfatti etwas über den Verbleib von Giulia herauszukriegen.

Conchetta antwortete *sotto voce*: „Ihnen kann ich es ja sagen. *Signora* Giulia musste heute auf die Bank nach Savona. Ich dachte, sie wäre vor Mittag zurück, aber es scheint länger zu dauern …"

›Läuft vielleicht doch noch nicht so gut hier, wie ich gehofft hatte‹, dachte Caponnetto.

Die Hilfsköchin zog sich diskret zurück, um sich wieder dem Zitronenrisotto zu widmen.

Bonfatti schenkte Caponnetto *aqua naturale* nach. Dazu nahm er die Flasche mit der linken Hand, um beim Eingießen auf die Uhr zu schauen. Es war 12 Uhr 42.

*

Am öffentlichen Parkplatz bei der Mautstation von Pietro Ligure startete in diesem Moment der Fahrer des schwarzen SUVs den Motor, nachdem er gesehen hatte, dass zwei schwarze Geländewagen des gleichen Modells um die Ecke gebogen waren. Der *Telepass*, das elektronische Signalsystem, sorgte dafür, dass sich für beide Fahrzeuge die Schranken der Autobahnabfahrt öffneten. Es war 12:50 Uhr.

Der Wagen, der gewartet hatte, setzte sich an das Ende der Kolonne, die nun aus drei schwarzen SUVs bestand. Bis zur *Osteria Il Golfo* würden sie etwa zehn Minuten brauchen.

*

Beim Salat sprachen die beiden Männer zunächst über das schwache Abschneiden von Juventus Turin in der diesjährigen Meisterschaft, dann erzählte Caponnetto von Stefanias Wechsel nach Luxemburg, was Bonfatti trocken kommentierte:

„Wer rund geboren wurde, kann nicht eckig sterben."

„Wie meinst Du das, Antonio?", wollte Caponnetto wissen, „also das Sprichwort kenne ich natürlich, aber was hat das mit Stefania zu tun?"

Bonfatti, der in den letzten Jahren, den Eindruck gewonnen hatte, dass die Beziehung Caponnettos zu der Staatsanwältin seinem Freund nicht gutgetan hatte, wollte das Thema nicht vertiefen. Dafür war jetzt nicht der richtige Zeitpunkt. Er antwortete daher nur knapp.

„Nun, seit ich Stefania kenne, will sie sich nicht wirklich an etwas binden."

„Du meinst an mich?"

„Ja, das gilt auch für die Bindung an Dich, und ich denke, in dieser Hinsicht wird sie sich nicht ändern."

Bonfatti wechselte schnell das Thema und berichtete über die Leiche, die bei den Ausgrabungen in Albisola gefunden worden war. Für die Wochenenden im Frühsommer würden auch ohne den Wirbel um die Ausgrabungen wieder Tausende Touristen aus der Schweiz und Deutschland, aber auch aus dem Piemont und der Lombardei an der ligurischen Küste erwartet.

Dieses Thema war für beide Männer relevant. Für Bonfatti und seine Kollegen bedeutete dies Mehrarbeit – Verkehrsunfälle und Anzeigen wegen Hausfriedensbruch, weil einige Abenteuerlustige wild auf Grundstücken der Einheimischen parkten und campierten. Caponnetto seinerseits hoffte, die Renovierung des Hauses würde bald abgeschlossen sein, sodass er schon an den Ostertagen seine Unterkunft an einen Teil dieser Wochenendbesucher vermieten könnte. Wenn das nicht klappte, würde der 25. April, der Tag der Befreiung, wieder viele *Milanesi* oder *Torinesi* für ein verlängertes Wochenende an die Küste locken.

Als Conchetta das Risotto brachte, war es bereits 13 Uhr. Bonfatti ärgerte sich.

›Ausgerechnet heute muss Giulia zur Bank und die arme Conchetta hängen lassen‹, dachte er aber versuchte, sich nichts anmerken zu lassen.

„Und, was sagst Du?", fragte Caponnetto und deutete mit seiner Gabel auf den Reis.

Der *Commissario* hielt den rechten Zeigefinger gegen die Backe und drehte ihn zunächst im Uhrzeigersinn und dann in der Gegenrichtung auf der Wange: »Besonders lecker!«.

Diese Geste symbolisiert in Italien, dass das Essen so gut ist, dass man es im wahrsten Sinne des Wortes auf der Zunge rollen möchte. Sie wurde früher häufiger verwendet und so sahen sich Bonfatti und Caponnetto durch die Geste an ihre Kindertage erinnert. Beide mussten lachen.

Wenig später war es Caponnetto, der auf seine Uhr schaute.

„Schon 13 Uhr durch! Meinst Du, die Kollegen sind schon zurück vom Mittag?", fragte er in der Hoffnung, Bonfatti würde gleich in der *Questura* anrufen, um sich nach dem Kennzeichen des SUVs zu erkundigen.

„Jetzt lass uns erstmal essen, *caro mio*. Wäre doch schade um das köstliche Risotto", entgegnete Bonfatti und sah aus dem Augenwinkel einen schwarzen Geländewagen um die Ecke biegen.

Als Giuseppe Caponnetto den SUV sah, legte er die Gabel ab und griff mit der Hand an seine Taille. Aber da war nichts.

Die Bewegung war Routine, doch heute griff Caponnetto ins Leere. Über zwanzig Jahre hatte seine

Pistole dort im Halfter gesteckt, sofern er sie nicht in der Hand gehalten hatte.

In Italien war es durchaus üblich beim Einsatz als Personenschützer für besonders gefährdete Personen, die Waffe nicht im Holster zu tragen, sondern in der Hand, um schneller reagieren zu können. Insbesondere auf Sizilien waren diese Einsatzregeln ein wichtiges taktisches Element. Doch im Einsatz war Caponnetto schon seit einer Weile nicht mehr, und obwohl er nach wie vor die Berechtigung hatte, eine Pistole zu tragen, war er heute unbewaffnet.

Als er den zweiten schwarzen Wagen um die Ecke biegen sah, ärgerte sich Caponnetto über seine Sorglosigkeit und versuchte zugleich verschiedene Szenarien durchzuspielen.

Der *Commissario*, hatte die Bewegung von Caponnettos Hand verfolgt. Er lächelte und sagte in ruhigem Ton: „Ich weiß, es nervt, wenn ich immer Recht habe, aber wie oft habe ich Dich in den letzten Wochen daran erinnert, dass Du immer noch eine Waffe tragen darfst?"

Caponnetto schaute Bonfatti verständnislos an. Der nickte mit dem Kopf in Richtung der Fahrzeugkolonne, die inzwischen zum Halt gekommen war.

Den Mann, der aus dem ersten Wagen stieg, erkannte Caponnetto auch aus der Ferne sofort. Caponnetto verzog das Gesicht.

„Du hast es gewusst, oder? Du hast es die ganze Zeit gewusst?", sagte er vorwurfsvoll zu Bonfatti.

„Ob ich es gewusst habe?", Bonfatti zog langsam seinen Kopf nach hinten.

„Ich war es Peppino, der ihn informiert hat. Ich habe ihm gesagt, dass wir heute hier sein würden."

Caponnettos linke Augenbraue zuckte auf der Innenseite nach oben. Er schaute auf sein Risotto, schaute rüber zu Bonfatti und schüttelte dann ungehalten den Kopf.

„Na geh schon. Du weißt, er wartet nicht gerne. Lass uns später telefonieren, ja?", sagte der *Commissario* aufmunternd.

Caponnetto erhob sich, faltete die Serviette und legte sie auf den Tisch – immer noch kopfschüttelnd sagte er zu Bonfatti: „Darüber sprechen wir noch."
Er streckte den Rücken durch und lief auf die Wagenkolonne zu.

Während die beiden äußeren Fahrzeuge mit zivilen Kennzeichen ausgestattet waren, konnte er auf dem mittleren Wagen deutlich die Abkürzung CC erkennen.

Als Caponnetto vor mehr als zwanzig Jahren in den Dienst eingetreten war, hatten die Nummernschilder der *Carabinieri* noch das Kürzel E.I. getragen (*Esercito Italiano*), da die *Carabinieri* organisatorisch dem italienischen Heer unterstellt waren. Seit dem Jahr 2000 trugen die Einsatzfahrzeuge der *Carabinieri* diese eigene Kennung CC. Jetzt schienen die Buchstaben den ehemaligen *Capitano* der *Carabinieri* zu verhöhnen.

Pietro Neri, ein ehemaliger Schüler von Caponnetto aus seiner Zeit bei der Ausbildungseinheit der *Carabinieri* in Rom, öffnete die hintere linke Tür des

SUVs mit dem Sonderkennzeichen. Caponnetto grüßte Pietro Neri knapp und nahm neben seinem früheren Mentor *Generale* Carlo Marini auf dem Rücksitz Platz. Pietro schloss die Tür und stieg wieder in den letzten Wagen.

„Buon giorno Generale!", sagte Caponnetto, der den militärischen Ton immer noch beherrschte.

„Salve, Capitano", erwiderte der General knapp und klopfte mit Ring- und Mittelfinger der linken Hand auf die Rückenlehne neben der Nackenstütze des Fahrers. Die Kolonne machte sich auf den Weg in Richtung *Marina di Capo San Donato,* dem Yachthafen von Finale Ligure.

Der General schaute Caponnetto an.

„Ich freue mich, Sie zu sehen, *Capitano* Caponnetto." Er richtete seinen Blick wieder nach vorne zur Straße.

„Wir haben uns Sorgen gemacht um Sie."

Caponnetto erwiderte, „Ich freue mich auch, Sie zu sehen, *Generale,* aber ich bin etwas überrascht. Wohin fahren wir…?".

Marini hob die Hand, als Zeichen, dass dies nicht der Moment sei, um Fragen zu stellen.

„Es wird nicht lange dauern. Ich will Ihnen etwas zeigen und eine Frage stellen. Danach bringen wir Sie zurück in die Osteria und lassen Sie ihr *dolce* genießen."

Caponnetto war sich nicht sicher, ob in der Stimme des Generals ein spöttischer Unterton mitschwang.

Fünfzehn Minuten später hielt die Fahrzeugkolonne auf dem Parkplatz der Küstenwache in Finale Ligure.

Aus jedem der Begleitfahrzeuge stieg ein *Carabiniere* aus, um das Fahrzeug und die Umgebung zu sichern.

„Sie müssen bei mir rausschauen, *Capitano*. Dann können Sie es besser sehen", sagte der *Generale* und lehnte sich etwas nach hinten.

Caponnetto beugte sich zu ihm hinüber, um aus dem Fenster zu schauen. Vom Yachthafen aus konnte man den Küstenstreifen sehen; etwas entfernt, aber gut erkennbar, lag unterhalb der Via Aurelia der Strand von Varigotti.

„Sehen Sie da drüben?"

Der General hielt die linke Hand aus dem Fenster und streckte den Zeigefinger in Richtung der Küstenstraße.

„Waren Sie schon einmal hier, seit es passiert ist?"

„Sie meinen seit dem Unfall?", entgegnete Caponnetto.

„War das die Frage, die Sie mir stellen wollten?"

Er lehnte sich wieder in seinen Sitz und antwortete dann: „Nein, ich war nicht mehr hier, seit ich mit dem Wagen diesen Abhang hinuntergestürzt bin. Wenn Sie sonst keine Fragen haben, können wir dann bitte wieder zurück nach Pietra fahren?"

Der General tippte wieder neben die Nackenstütze des Fahrers und sprach ihn an.

„Sagen Sie dem *Capitano*, wie oft habe ich Sie gebeten, mich hierher zu fahren?"

Der Fahrer, der es gewohnt war, alles, was im Wagen geredet wird, diskret zu ignorieren, war überrascht, dass er in das Gespräch einbezogen wurde.

„Sie fragen mich, *Generale*? In den letzten drei Monaten, vier oder fünf Mal."

„Fünf Mal", bestätigte der General, „Und was habe ich Ihnen gesagt, was wir hier machen?"

Caponnettos Blick wanderte zwischen dem General und dem Fahrer hin und her. Beide blickten stoisch geradeaus.

„Ja, also Sie haben gesagt: »Wir besuchen ein Grab.«"

Marini klopfte ungeduldig mit den Fingern. „Und weiter?"

„Sie haben gesagt, »Hier liegt der beste Mann begraben, der je unter Ihnen gedient hat«."

Das war typisch für den General. Er zeigte nicht gerne Gefühle und sprach nicht gerne darüber, aber er fand immer einen Weg, sich mitzuteilen. Caponnetto war gerührt und verwirrt zugleich.

„Ich schätze Ihre Sorge um mich, *Generale*, aber ich fühle mich sehr lebendig. Mein Leben ist jetzt ruhiger als früher, es geht mir gut."

Marinis buschige Augenbrauen zucken. Für einen Augenblick war es still im Wagen.

„Ist es wirklich so Caponnetto, dass Sie Ihre Ruhe haben wollen?", kurze Pause, „Oder haben Sie Angst?"

Caponnetto wollte etwas erwidern, doch Marini hob seine rechte Hand. Er wollte nicht unterbrochen werden.

„Das Bein sollte keine Ausrede sein. Nach dem, was Sie erlebt haben, hätte jeder Verständnis, wenn Sie Angst hätten. Aber Sie wissen, was Borsellino über die Angst gesagt hat?"

Marini zog die erhobene Hand zurück und schaute Caponnetto erwartungsvoll an. Dieser wusste natürlich, auf welches Zitat Marini anspielte, und wiederholte den Satz des aus Palermo stammenden Richters Paolo Borsellino.

„Wer Angst hat, stirbt jeden Tag, wer keine Angst hat, stirbt nur einmal."

Marini nickte stumm, und drehte sich zu Caponnetto.

„Hier ist die Frage, die ich Ihnen stellen möchte, *Capitano*." seine Stimme klang nun nicht mehr militärisch, sondern freundschaftlich.

„Sie haben da oben", Marini nickte mit dem Kopf Richtung Unfallstelle, „drei Stunden durchgehalten, bis das Bergungsteam eintraf. Haben Sie mal überlegt, warum? Bestimmt nicht, um danach Ihre Ruhe zu haben, oder?

Caponnetto blinzelte und fuhr sich mit der Rechten über die Bartstoppeln, während der *Generale* weitersprach.

„Ich bitte Sie, mir nicht hier und jetzt zu antworten, sondern in Ruhe darüber nachzudenken, *d'accordo*?"

„Einverstanden", entgegnete Caponnetto und erwartete gespannt die Frage seines früheren Vorgesetzten und langjährigen Mentors.

„Durch das abgehörte Telefonat wissen wir, dass das hier", der General streckte wieder seine Hand aus dem Fenster Richtung Küstenstraße, „kein Unfall war. Jemand wollte Sie aus dem Weg räumen. Jetzt, da Sie einen Teil der Wahrheit kennen, frage ich Sie: Wollen Sie nicht die ganze Wahrheit wissen? Wollen Sie nicht zurückkommen?"

Marinis Finger klopften neben die Nackenstütze.

Der Fahrer startete den Wagen, die Begleitfahrzeuge machten sich startklar.

Auf der Fahrt nach Pietra setzte leichter Frühlingsregen ein. Caponnetto und der General sprachen kein Wort. Es war kein betretenes Schweigen, sondern eher eine andachtsvolle Stille, an die sich Caponnetto schon bald wieder erinnern würde.

V

In der Osteria hatte Bonfatti unterdessen sein Risotto gegessen, einen *Caffè* getrunken und schließlich bei Conchetta die Rechnung für sich und Caponnetto beglichen.

Auf der Fahrt zur *Questura* griff der *Commissario* zum Telefon. Am Vormittag hatte er einen eingehenden Anruf aus München ablehnen müssen, als er sich in Albisola durch die Menge der Schaulustigen den Weg zu seinem Auto gebahnt hatte. Zunächst hatte er angenommen, dass Hering wissen wollte, wie Caponnetto auf die Begegnung mit *Generale* Marini reagiert hatte, doch dann, kurz bevor er die Osteria verließ, war eine Textnachricht mit der Bitte um dringenden Rückruf eingegangen. Kriminalhauptkommissar Hering nahm den Anruf beim ersten Klingen an.

„Bonfatti? Hören Sie zu, ich muss mich kurzfassen. Ich habe das BKA auf der anderen Leitung", sagte Hering knapp.

„Noce ist heute Nacht ausgebrochen. Soweit wir wissen, ist er auf dem Weg nach Italien. Ich schicke jemanden von der Fahndung: Andrea Wagner wird sich bei Ihnen melden. Ich rufe Sie später wieder an." Kaum hatte Hering seinen Satz beendet, legte er auf.

Der *Commissario* versuchte einzuordnen, was er gerade gehört hatte. Er atmete tief ein und aus und rief dann Francesca Nobile in der *Questura* an.

„*Ispettore* haben Sie schon etwas gegessen?"

„Äh, ja. Warum fragen Sie?"

„Sehr gut. Ich bin in zwanzig Minuten bei Ihnen im Präsidium. Falls Sie Termine am Nachmittag haben, sagen Sie alle ab. Sprechen Sie mit dem Diensthabenden. Er sollte eine Meldung aus Deutschland erhalten haben zu einer internationalen Fahndung. Simone Noce. Besorgen Sie uns die Akte und fangen Sie an zu lesen."

Nobile war durch den beunruhigten Ton in der Stimme ihres Vorgesetzten alarmiert und verstand, dass jetzt nicht der Moment war, nach Hintergründen zu fragen.

„Verstanden: internationale Fahndung, Akte Noce. Noch etwas, *Signor Commissario*?"

„Ja, wir bekommen Besuch von einem Kollegen aus München. Er wird morgen zu uns stoßen. Bereiten Sie bitte einen Arbeitsplatz für ihn vor."

Nobile hatte noch nicht viel Erfahrung in internationalen Fällen, aber ihr war klar: Wenn das LKA Bayern einen Zielfahnder nach Italien schickt, dann ging es nicht um eine Kleinigkeit. Nobile war gespannt auf die Akte Noce.

*

Etwa fünfzehn Minuten nachdem Bonfatti in den Wagen gestiegen war, nahm Caponnetto wieder auf der Terrasse der Osteria Platz. Auf seinen Wunsch hin hatte ihn *Generale* Marini etwa einen Kilometer entfernt abgesetzt.

Zu viel hatte Marini in Bewegung gebracht. Caponnetto spürte Unruhe in seiner Brust, ein Flattern im Magen und ein Kribbeln in den Beinen. Er musste sich bewegen. Der zehnminütige Spaziergang hatte gut getan, aber er fühlte sich noch immer rastlos. Gesprächsfetzen aus der Unterhaltung mit seinem Mentor wirbelten durch seinen Kopf. Umso erfreuter war er, als er Giulia, die Besitzerin der Osteria, die inzwischen aus Savona zurückgekehrt war, auf sich zukommen sah.

„*Ciao* Giuseppe, alles gut bei Dir? Conchetta meinte, Du hast das Essen unterbrochen und seist weggefahren. Darf ich Dir noch etwas bringen?"

Caponnetto schaute sich um und sah, dass die Osteria leer war. Der Mittagsservice war durch. Die Stammgäste aus den umliegenden Büros und Geschäften waren wieder bei der Arbeit. Die Touristen, von denen sich in dieser Jahreszeit nur wenige in die Osteria verirrten, waren wieder in ihre Hotelzimmer zurückgekehrt. Oder sie flanierten den *Lungomare*, die Strandpromenade, entlang, um die Frühlingsonne zu genießen.

„Ja, mmh, ich weiß nicht. Essen möchte ich nichts mehr, aber vielleicht magst Du Dich auf einen *Caffè* zu mir setzen?"

*

Andrea Wagner war routiniert im Kofferpacken und sie war stets sehr pragmatisch. Ihr Kleiderschrank enthielt nur wenig Schnickschnack. Sie kleidete sich sportlich-elegant und vor allem bequem. Für eine Tasse Melissentee würde noch genug Zeit bleiben, denn zum Flughafen Franz Josef Strauß brauchte sie nur etwa eine Dreiviertelstunde. Die Maschine ging kurz vor 16 Uhr und sollte gegen halb sechs in Nizza landen. Anschließend würde sie mit einem Mietwagen etwa 130 Kilometer die Riviera entlangfahren, über Ventimiglia nach Pietra Ligure.

Mit Hering hatte sie besprochen, dass sie heute Abend seinen pensionierten Schützling treffen und am nächsten Morgen die Kollegen in der *Questura* in Savona besuchen würde. Herings Büro hatte ihr für die erste Nacht ein Zimmer in Pietra gebucht. Danach sollte sie sich selbst im Einsatzgebiet orientieren.

Auf dem Rückweg vom Präsidium in ihre Wohnung im Lehel rief Wagner wie vereinbart Hering noch einmal an. Sie besprachen, dass er Caponnetto anrufen würde, um für den Abend ein Treffen in Pietra zu arrangieren. Während des Telefonats wiederholte Hering etwas, das er bereits im Präsidium gesagt hatte, jedoch diesmal weniger konkret. Der Fahnderin fiel das auf. Andrea Wagner hatte es sich zur Gewohnheit gemacht, solche Dinge zu notieren. Manchmal waren sie belanglos, manchmal waren sie ein Teil des Puzzles, das es zu lösen galt.

Der Koffer stand fertig gepackt neben der Tür. Andrea Wagner saß in ihrer Küche. Vor ihr auf dem Tisch ihre Teetasse, daneben der Notizblock. Sie las noch einmal den Satz von Hering, den sie notiert hatte.

»Könnte sein, dass Noce auf dem Weg zu Caponnetto ist, um sich zu rächen.«

*

Giulia stellte ihr Tablett auf den Tisch. Bei einem anderen Gast wäre das undenkbar gewesen, aber Caponnetto gehörte als Stammgast inzwischen zum Inventar der Osteria und war als Verpächter zudem ihr Geschäftspartner.

Sie musste sich eingestehen, dass sie den Mann mit den feingliedrigen Händen und dem schmalen Kinn falsch eingeschätzt hatte. Trotz all der Spannungen, die es anfangs zwischen ihnen gegeben hatte – oder gerade deswegen – hatte sie ihn in den letzten Wochen, in denen er nicht mehr in die Osteria gekommen war, vermisst.

Giulia nahm zwei Espressotassen, eine Flasche Wasser und zwei Gläser vom Tablett. Caponnetto freute sich über die Gesellschaft, wollte jedoch nicht über seine Begegnung mit *Generale* Marini sprechen.

„Und bei Dir, alles klar? Conchetta meinte, Du hattest einen Termin bei der Bank?"
Giulia rührte Zucker in ihren *Caffè*.

„Beh cosi, cosi ..."

„So lala?", fragte Caponnetto, „Na sag schon, was ist los?"

„Ich wollte die Kreditlaufzeit verlängern. Du siehst ja, das Geschäft hat noch nicht so angezogen, wie ich erwartet habe. Die Renovierung war dringend nötig, aber ... „

„Und jetzt kannst Du den Kredit nicht mehr zurückzahlen?"

„So in etwa." Giulia nippte an ihrer Espressotasse.

„Der Bankberater meinte, die Laufzeit könne nicht verlängert werden, aber er hätte eine andere Idee."

„Lass mich raten, Giulia: Er hat gesagt, er betreut einen Kunden, der investieren will – zwar nicht unbedingt in eine Osteria, aber der Bankangestellte hat Dir angeboten, mal unverbindlich nachzufragen, ob sich dieser Kunde vorstellen könnte, bei Dir zu investieren."

Giulia sah Caponnetto erstaunt an.

„Ja genau, das hat er gesagt. Woher …"

„Woher ich das weiß? Das ist mein Job."

Nach kurzem Zögern ergänzte er: „Also ich meine, es war mein Job."

Caponnetto erläuterte Giulia in groben Zügen, wie die Mafia Lokale nutzt, um ihre Einnahmen aus dem Drogenhandel und anderen illegalen Geschäften zu waschen. Da es viel Geld zu waschen gibt, sucht die Mafia immer neue Wege. Beliebte Ziele sind finanziell angeschlagene Gastronomiebetriebe, die bei Banken keine Kredite mehr erhalten. Über einen Mittelsmann bietet die Mafia an, sich am Geschäft zu beteiligen, also Anteile zu übernehmen, das Kapital aufzustocken etc. Häufig muss dann Ware von einem bestimmten Lieferanten bezogen werden – anfangs noch zu marktüblichen, später zu überhöhten Preisen. Nach und nach geht es dem Lokal dann immer schlechter, bis irgendwann die Eigentümer von den Zinsen und Schulden erdrückt werden. Dann übernimmt die Mafia das Lokal vollständig. Dem früheren Besitzer bietet sie an, seinen Namen weiterhin zu verwenden – jedoch ohne jegliche Mitspracherecht und Entscheidungsbefugnis.

„*Et voilà*, eine neue Geldwaschmaschine ist in Betrieb", schloss Caponnetto seinen Vortrag und schaute Giulia an. Aus ihrem Gesicht war alle Farbe gewichen.

Im Kontrast zwischen ihren grünen Augen und der Blässe wirkte ihr Gesicht noch ausdrucksstärker als sonst, die Linien noch markanter. Als sich eine Portion Wut in ihre Stimme mischte, funkelten ihre Augen noch mehr als sonst.

„Und ich blöde Kuh wäre beinahe darauf hereingefallen."

„Mach Dir keine Sorgen, Giulia", Caponnetto kniff ihr sanft in die Wange. Sie schüttelte sich, wie nach einem schlechten Traum.

„Das Geld, um den Kredit zu bedienen, bekommst Du von mir, und um den feinen Herren aus der Bank werden sich meine Kollegen kümmern."

»Meine Kollegen ... Meine Kollegen«, hallte es in Caponnettos Kopf nach. Sein *cellulare* klingelte. Am Ton erkannte Caponnetto, dass der Anruf von Manfred Hering kam. Mit der linken Hand deutete er Giulia an, am Tisch zu bleiben.

„*Caro mio*, was verschafft mir die Ehre?"

„*Ciao* Giuseppe, ich will nicht drumherumreden. Ich brauche Deine Hilfe. Eine Kollegin ist auf dem Weg nach Ligurien und könnte jemanden gebrauchen, der sich auskennt. Du würdest mir einen persönlichen Gefallen tun."

›Was für ein verrückter Tag‹, dachte Caponnetto und sagte lachend, „*Va bene* Manfredo, für Dich spiele ich auch den Fremdenführer, wenn es sein muss."

„*Grazie* Giuseppe, ich gebe ihr Deine Nummer. Kannst Du sie heute Abend zum Essen treffen?"

„Ja klar, ich werde hier in der Osteria sein."

Als Caponnetto das Telefon ablegte, blickte er in Giulias grüne Augen.

„Das war ein alter Kollege aus München. Er hat mich um einen Gefallen gebeten."

„Ist ganz schön viel los bei Dir, Giuseppe?!", entgegnete Giulia etwas unschlüssig.

Caponnetto, der überlegt hatte, Giulia an ihrem Ruhetag zu einem Ausflug nach Genua einzuladen, verwarf seinen Plan. Stattdessen nickte er nur mit dem Kopf und sagte, „Ja, ganz schön viel los."

„Dann sollten wir uns jetzt etwas Ruhe gönnen. Danke für Deine Hilfe, Giuseppe."

Giulia beugte sich über den Tisch. Nun war sie es, die Caponnetto sanft in die rechte Wange kniff.

*

Von der Osteria war Caponnetto in zügigen Schritten die Via San Francesco hochgelaufen zum Haus, das einst seiner Tante gehört hatte und nun sein Domizil in Pietra war.

Eine Möwe kreischte; vermutlich spürte sie den nahenden Wetterwechsel ebenso wie Caponnetto in seinem Bein.

Im Haus lief er zunächst unruhig umher: durch den ersten Stock, durch den zweiten Stock, schaute in alle Zimmer und dort hinaus aus den Fenstern. Zunächst hatte er sich eingeredet, er mache das, weil er den Verlauf der Umbauarbeiten und den allgemeinen Zustand des Hauses kontrollieren wollte. Doch dann wurde ihm klar, dass ihn seine Unruhe antrieb.

Er hielt inne, nahm einen tiefen Atemzug, ging ins Schlafzimmer und setzte sich auf die Bettkante, um zu meditieren.

Er spürte den Kontakt seiner Fußsohlen mit dem Boden. Der Stein war kühl. Caponnetto öffnete den Mund, in dem er seinen Unterkiefer fallen ließ. Während er auf dem Bett saß, atmend, stiegen Bilder in ihm auf: die Küstenstraße, das Gesicht des Generals, der Lastwagen, Giulia am Tisch in der Osteria. Und er bemerkte Gedanken: ›will meine Ruhe …›, ‹wer rund geboren ist …›, ‹wer Angst hat …›. Leise sagte er zu sich: „Ich will Ruhe finden".

Als er sich zehn Minuten später von der Bettkante erhob, fühlte sich Caponnetto etwas ruhiger; sein Geist war klarer. Zu der Frage, die ihm der General bei ihrem Ausflug gestellt hatte, war eine neue hinzugekommen – eine Frage, die er sich selbst stellte. Sein Mentor hatte ihn gefragt, ob er nicht daran interessiert sei, seinen Fall aufzuklären, seine Ermittlungen fortzusetzen und dafür wieder in den Dienst zurückzukehren.

Nach dem Unfall war er ausgeschieden, weil seine Diensttauglichkeit eingeschränkt war und er »keine halben Sachen« machen wollte. Das zumindest hatte er sich und allen anderen gesagt. Nun nagte die Frage an ihm, ob das tatsächlich der einzige Grund gewesen war, oder es noch einen anderen gegeben hatte, einen Grund, den er sich nicht eingestehen wollte – noch nicht.

*

Ispettore Nobile hatte zunächst den Arbeitsplatz für den Kollegen aus München vorbereitet und dann mit großem Interesse die Akte Noce gelesen. Sie hielt inne und stieß einen leisen, langgezogenen Pfiff aus, als sie auf die Verbindung zwischen Caponnetto und Noce stieß. Gleich nach der Ankunft ihres Vorgesetzten in der *Questura* sprach sie ihn darauf an, und Bonfatti bestätigte, dass er diesen Teil der Akte kannte. Aktuell interessierten ihn jedoch vor allem die Erkenntnisse der letzten Stunden.

Nobile war nicht sicher, ob es angebracht war, weitere Fragen zu stellen, da sie sah, dass der *Commissario* bewegt war. Nach einer kurzen Pause begann er zu sprechen.

„Wissen Sie, Nobile, an dem Tag, als es passiert ist, war ich in Genua zu einer Besprechung und gerade auf dem Rückweg nach Savona. Der Diensthabende hatte mich im Auto angerufen. Es habe einen Unfall mit Fahrerflucht gegeben, ein Wagen sei die Steilküste hinuntergestürzt, über den Zustand des Fahrers wisse man noch nichts. Aus Gewohnheit oder aus Intuition fragte ich nach dem Kennzeichen des Wagens."

„Und dann wussten Sie, dass es Caponnettos Auto war?", rief Nobile dazwischen. „Hatten die anderen denn nicht bemerkt, dass es sich um das Auto des *Capitano* handelte."

„Nein, und das war nur eine von vielen Schlampereien in der weiteren Ermittlung. Caponnetto wäre fast verblutet, weil es Stunden gedauert hatte, den Wagen zu bergen. Ich hatte ihn immer wieder angerufen, wollte mit ihm sprechen. Später hat er mir erzählt, dass er das Klingeln gehört hat, aber das Telefon nicht erreichen konnte. Letztlich hat es ihm wohl irgendwie geholfen, weil er merkte, dass er nicht alleine war. Apropos Telefon, ich sollte ihn anrufen. Er weiß ja noch nichts über die neue Lage."

Bonfatti lief über den Korridor zu seinem Büro, während Nobile sich wieder in die Akte Noce vertiefte.

*

Der *Commissario* war erleichtert, denn die Stimme seines Freundes klang freundlicher, als er erwartet hatte.

„Ganz schön mutig von Dir, mich nach der Nummer von heute Mittag anzurufen", rief Caponnetto und versuchte den Lärm eines vorbeifliegenden Hubschraubers zu übertönen.

„Peppino, bitte hör mir zu. Es ist wichtig ...", begann Bonfatti.

Caponnetto, dessen Ohren noch immer dröhnten, konnte Bonfatti kaum hören.

„Wenn Du mich anrufst, weil Du wissen willst, wie das Gespräch mit dem General war ..."

„Nein, nein", entgegnete der *Commissario*, „Hör zu, Peppino, es geht um Noce. Er ist heute Nacht ausgebrochen. Er hat sich auf die Krankenstation verlegen lassen und ist dann abgehauen. Offenbar ist er auf dem Weg nach Italien. Deswegen rufe ich Dich an."

›Ah, jetzt verstehe ich‹, dachte Caponnetto, ›deswegen schickt Hering diese Frau zu mir – von wegen Fremdenführer …‹.

Bonfatti gegenüber gab er sich empört.

„Und jetzt dreht ihr alle durch, weil ihr denkt, Noce will zu mir?"

„Na ja, wäre ja nicht ganz abwegig, oder?"

„So besonders bin ich nun auch wieder nicht. Aber falls Dich das beruhigt: Nach Deiner kleinen Überraschung heute Mittag habe ich meine Beretta aus der Schublade geholt."

›Na immerhin etwas‹, dachte Bonfatti.

„*Va bene*, es scheint Dich also nicht zu beunruhigen, dass Noce frei rumläuft. So oder so, ich fand es wichtig, dass Du informiert bist. Und wenn wir schon dabei sind, was hat Marini gesagt?", fragte Bonfatti.

„Wichtiger, mein lieber Antonio, ist, was ich ihm gesagt habe."

„Und was hast Du ihm gesagt?"

„Ich habe ihm gesagt, dass ich meine Ruhe will!"

„Also Peppino, bei aller Liebe – das nehme ich Dir nicht ab. Jetzt, wo alles ans Licht kommen könnte."

Caponnetto schnaubte.

„Antonio, Du bist mein Freund. Wenn es so bleiben soll, dann hör auf, mir auf den Sack zu gehen. *Ciao.*"

Abrupt beendete Caponnetto das Gespräch. Beide hatten ein ungutes Gefühl: Bonfatti weil er einsah, dass er Caponnetto in die Enge getrieben hatte, Caponnetto weil er wusste, dass sein Freund etwas ausgesprochen hatte, das ihn tief bewegte.

Caponnettos *cellulare* signalisierte den Eingang einer SMS. Die Nachricht kam von einer deutschen Nummer.

„Guten Tag, habe ihren Kontakt von KHK Hering. Bin auf dem Weg nach Pietra. Wann und wo können wir uns treffen? A. W."

„19 Uhr, *Osteria Il Golfo*" schrieb Caponnetto knapp zurück und erhielt umgehend ein „ok" als Reaktion.

›Vermutlich ist sie gerade gelandet und wartet auf das Gepäck‹, dachte Caponnetto. Er schickte Hering eine kurze Nachricht, um zu bestätigen, dass er kontaktiert worden war und die Frau am Abend treffen würde.

*

Simone Noce wollte den Wagen jetzt schnell loswerden. Sollte man ihn suchen, weil man ihn auf einer der Kameras, die entlang der Autobahn und an den Mautstationen installiert waren, entdeckt hatte, könnte der Wagen die Polizei direkt zu ihm führen. Hierher nach Savona.

Ihm war bewusst, dass es ein Risiko war, denselben Wagen, den er in München gestohlen hatte, zum Grenzübertritt in die Schweiz und weiter nach Italien zu nutzen. Aber er hatte das Risiko abgewogen, dass der Diebstahl eines anderen Autos mit sich gebracht hätte, und entschieden, den BMW bis zu seinem Ziel zu behalten. Und außerdem mochte er den Wagen. Er würde sich genau dieses

Modell kaufen, sobald er hier seine Angelegenheiten geregelt und sich abgesetzt hatte.

Noce bog in die Via Francesco Baracca ein und lenkte den 3-er BMW kurz darauf in die Tiefgarage des Einkaufszentrums *Gabbiano*. Selbst in einer abgelegenen Seitenstraße gab es neugierige Anwohner, die nicht Besseres zu tun hatten, als den ganzen Tag aus dem Fenster zu schauen und die Polizei riefen, sobald ihnen etwas nicht passt. Doch hier in der Tiefgarage, zwischen all den anderen Autos, würde der Wagen nicht so schnell auffallen. Das Einkaufszentrum hatte bis 22 Uhr geöffnet, und bis in den frühen Abend herrschte hier Hochbetrieb, mit ständigem Kommen und Gehen.

Er nahm die Rolltreppe nach oben, verließ das Gebäude, ging den Corso Agostino Ricci entlang und überquerte den Letimbro.

Dieser Sturzbach entspringt 380 Meter über dem Meeresspiegel im Hinterland von Ligurien, in der Nähe der Gemeinde Altare. Nach nur etwa zwanzig Kilometern mündet er in Savona ins Meer. Wie viele seine Brüder im Mittelmeerraum führt auch der Letimbro nur zeitweise Wasser – vor allem im Winter, wenn es regnet, konnte es zu Überschwemmungen kommen, während sich der Bach im Sommer als trockenes Schotterbett präsentiert. Jetzt im Frühling war der Letimbro noch vom Winterregen angeschwollen.

Noce spuckte von der Brücke ins Wasser. Bis zum Krankenhaus würde er etwa eine halbe Stunde brauchen. Genug Zeit, sich die nächsten Schritte zu überlegen. Bisher war alles nach Plan gelaufen. So sollte es auch bleiben.

V I

Andrea Wagner spürte die Frühlingssonne warm auf ihrer Haut, als sie die Fluggasttreppe hinunterstieg. Über ihr strahlte der blaue Himmel, und vor ihr, am Ende des Grünstreifens zwischen Rollfeld und Absperrzaun, glänzten die Blätter dunkelgrüner Palmen. Wagner trug eine blassrosa Leinenhose. Ihr beiges Top war trotz des Stehkragens ein Tick zu sommerlich. Schon im Bus zum Terminal schrieb sie eine kurze Nachricht an Caponnetto und danach an Hering, um die Kontaktaufnahme zu bestätigen.

Zehn Minuten später saß sie hinter dem Steuer eines Mietwagens und fuhr auf die A8 Richtung Osten. Die erste Gelegenheit nach dem Grenzübergang wollte sie für einen Stopp nutzen. An einem Autogrill würde sie einen *Caffè* trinken und die Nase in die Sonne strecken.

In München hatte die Fahnderin, noch bevor sie zum Flughafen aufgebrochen war, Volker angerufen, einen alten Kollegen, der ebenso schwer wie hoffnungslos in sie verliebt war. Wagner hatte ihn gebeten, Erkundigungen über Caponnetto einzuholen. Sie wollte wissen, mit wem sie es zu tun hatte, und sich dabei nicht nur auf die Meinung von Hering verlassen, auch wenn sie die Arbeit des Kriminalhauptkommissars sehr schätzte.

*

Roberto Papi war nicht die Art von Pförtner, der für jeden ein freundliches Wort übrig hatte. Er strahlte auch nicht die professionelle, unnahbare Distanz aus, die sich manche Menschen aneignen, weil sie glauben, ihre Rolle erfordere eine solche Haltung – oder weil sie denken, diese Distanz würde ihre Verletzlichkeit verbergen und schützen.

Roberto war missmutig, wenn er alleine war, und unfreundlich in Gesellschaft. Unangestrengte Unfreundlichkeit war vielleicht die treffendste Beschreibung für seinen Habitus. Auf diese Weise versah er seit über 30 Jahren seinen Dienst als Portier am *Ospedale San Paolo* in Savona: unfreundlich, missmutig und misstrauisch. Und weil er stets misstrauisch war, hatte er mit der Zeit das Gespür verloren für Situationen, bei denen es wirklich Anlass gab zur Vorsicht.

Simone Noce hatte leichtes Spiel mit Roberto Papi. Er brauchte nur zehn Minuten, um ihn zu analysieren. Zehn Minuten, die Noce unter einer Gruppe Raucher am Eingang des Krankenhauses verbrachte, von wo aus er den Blick auf die Pförtnerloge und die Mimik des Pförtners gerichtet hielt. Bald war ihm klar, wie er vorgehen musste. Solche Menschen konnte man nur für sich gewinnen, wenn man ihnen so entgegentrat, wie sie selbst der Welt begegneten. Das Verhalten anderer zu spiegeln, war natürlich immer eine gute Taktik, um Kontakt und Verbundenheit aufzubauen. Bei Typen wie diesem Pförtner, war es jedoch nicht eine von mehreren Optionen. Es war die einzig erfolgversprechende.

Noce gab sich desinteressiert an der Person des Pförtners und an dem, was er zu sagen hatte. Er zeigte sich abweisend in Haltung und Gestik, auch wenn er selbst eine Frage stellte. Dazu sprach Noce in einer Tonlage, als ob er gerade an einem Glas saure Milch genippt hatte.

Roberto Papi erkannte ihn als einen vom gleichen Schlag. Als einen, der verstanden hatte, dass diese ganzen Konventionen und der Austausch von Höflichkeiten reine Zeitverschwendung waren.

Grußlos eröffnete Noce den Kontakt mit einer Schimpftirade über „Idioten, die ihre Autos so parken, dass sie gleich zwei Plätze blockieren", gefolgt von großer Empörung über die „unverschämt hohen Parkgebühren" und einem Lamento über das Wetter – „inzwischen genauso unzuverlässig wie die Politiker". Zwischendurch streute Noce beiläufig kleine Fragen ein. Er erkundigte sich nach den Öffnungszeiten, nach den Notausgängen, den Zufahrten für Lieferanten. Er fragte stets so, als sei es ihm äußerst lästig, die Fragen zu stellen, und er selbst nicht wüsste, warum er überhaupt hier stand und redete.

Bei jeder Frage, die Noce missmutig durch seine Zähne presste, schüttelte der Pförtner ablehnend mit dem Kopf, noch bevor Noce seinen Satz zu Ende gesprochen hatte. Manchmal klopfte der Pförtner dann mit dem überlangen Nagel seines rechten kleinen Fingers auf die Tischplatte, wie ein Richter, der zur Ordnung rief. Schließlich, nachdem Noce alle Informationen hatte, die er brauchte, drehte er sich um und ging in Richtung Aufzug, ohne sich vom Pförtner zu verabschieden,

Hätte Roberto Papi das Gefühl von Zufriedenheit gekannt, hätte er es in diesem Moment verspürt. Der Abgang des Mannes war ganz nach seinem Geschmack. Eine höfliche Verabschiedung nach einem so überflüssigen Gespräch wäre in seinen Augen eine zügellose Entgleisung gewesen.

*

Giuseppe Caponnetto hatte sein Fitnessprogramm absolviert. Dazu gehörten seit der Knieoperation vor allem regelmäßige Dehn- und Kräftigungsübungen für die Oberschenkelmuskulatur: Kniebeugen für den Quadrizeps, Beckenheben und Brücke für den Beinbeuger und den Gesäßmuskel.

Vom Badezimmer lief er ins Schlafzimmer, schaute durch die geöffnete Terrassentür und versuchte vom Sonnenstand die Uhrzeit abzuleiten. Zufrieden blickte er auf die Zeiger seiner Armbanduhr, als er sie von der Kommode aufnahm.

›Gut geschätzt‹, dachte er. ›Kurz nach fünf. Das heißt, die Mittagsruhe ist vorbei und Giulia wieder in der Osteria.‹

Die Begegnung und das Gespräch mit Giulia hatten ihm gutgetan. Er wollte sie wiedersehen und beschloss, jetzt gleich hinunter in die Osteria zu fahren.

Er nahm eine beige Sport-Cordhose aus dem Schrank, zog dazu ein salbeigrünes Langarm-Polo an und schlüpfte in blaue Derby. Zufrieden betrachtete er sich im Spiegel, steckte sein Portemonnaie ein, nahm das *cellulare* und öffnete die Haustür. An der

Schwelle kehrte er um, lief zurück ins Schlafzimmer und öffnete die oberste Schublade der Kommode. Darin lag seine Beretta Modell 92 Compact, 13 Patronen, Kaliber 9 mm. Er entnahm das Magazin, prüfte es und setzte es wieder ein. Caponnetto klemmte das Lederholster an seinen Gürtel und verstaute ein Ersatzmagazin in der Billetttasche des grauen Sakkos – der schmalen Tasche, die ihren Namen der ursprünglichen Verwendung verdankt, dort Zugtickets aufzubewahren.

Im Auto hörte er *Radio Onda Ligure*, einen lokalen Sender aus Albenga. Gerade lief *Impermeabili* von Paolo Conte. Caponnetto sang mit:
„Scendo giù
a prendermi un caffè.
Scusami un attimo."

*

An der Osteria angekommen, parkte Caponnetto das Auto und las die Textnachricht, die sich durch einen kurzen Signalton während der Fahrt angekündigt hatte. Sie stammte von Andrea Wagner.

„30min zu spät. Sorry."
Caponnetto zuckte mit den Schultern.

›Steckt vermutlich im Stau fest oder hat sich verfahren. Na wenn schon‹, dachte er.
Er fand die Tür der Osteria verschlossen und musste mehrmals klopfen, bis Giulia kam, aufschloss und die Tür öffnete.

„Ah, Du bist es, Giuseppe! Bist reichlich früh, alles okay? *Vuoi un caffè?"*

„Nein danke, ich dachte, ich kann Dir vielleicht etwas zur Hand gehen."

„Du mir zur Hand gehen? Na komm, ich sehe doch, dass Dich etwas bedrückt, Giuseppe."
Caponnetto verzog die Mundwinkel, als hätte er in eine Zitrone gebissen.

„Conchetta hat mir erzählt, dass es Streit zwischen Dir und Antonio Bonfatti gegeben hatte. Davon hattest Du heute Mittag nichts erwähnt."

„Oh ja, die gute Conchetta wäre ein prima Detektiv."

Caponnetto lächelte kurz, weil er Parallelen zwischen Conchetta und der resoluten Miss Marple sah. Die Hilfsköchin war ebenso beharrlich, wenn auch nicht ganz so scharfsinnig wie die Romanfigur von Agatha Christie. Leider war sie auch nicht so diskret wie die Hobby-Detektivin aus der fiktiven Kleinstadt St. Mary Mead.

Giulia und Caponnetto setzten sich an einen windgeschützten Tisch auf der Terrasse.

„Ich bekam unerwartet Besuch von einem früheren Vorgesetzten, einem General der *Carabinieri*."

„Und was wollte er von Dir?"

„Tja, was wollte er von mir? Gute Frage. Er ist mit mir rausgefahren, Richtung Finale. Dorthin, wo ich den Unfall hatte."

Giulia nickte. Bonfatti hatte ihr erst vor einigen Wochen vom Unfall erzählt, doch sie kannte keine Details. Seitdem hatte sie und Caponnetto sich kaum gesehen und daher auch nicht über den Unfall gesprochen. Umso erleichterter war sie, dass Caponnetto das Thema nun von sich aus ansprach.

„Der *Generale* wollte wissen, warum ich aufgehört habe, ob ich den Dienst aus Angst quittiert habe, und er hat mich gefragt, ob ich zurückkommen will."

„Was hast Du ihm gesagt?"

„Dass ich meine Ruhe will."

„Und weiter?"

„Was weiter? Es ist kompliziert"

„Dann erklär es mir … "

„Ja, natürlich hatte ich Angst, als ich am Abhang im Auto festgeklemmt war, aber das war nicht der Grund, warum ich den Ruhestand gegangen bin."

„Und was war der Grund?"

Caponnetto dachte einen Moment nach.

"Wer rund geboren ist, kann nicht eckig sterben"

"Was meinst Du?"

„Ich war ein guter Polizist und ich wollte nie etwas anderes sein – schon gar nicht ein Klotz am Bein für andere. Aber nach diesem Unfall war meine Einsatztauglichkeit ein-ge-schränkt!"

„Und weiter …", ermutigte ihn Giulia fortzufahren. Caponnetto schwieg, suchte nach der richtigen Form für seine Gedanken, schüttelte dann den Kopf und sagte:

„Halbe Sachen sind nicht mein Ding, verstehst Du?"

„Also hast Du gedacht: ganz oder gar nicht?"

„Ja, so in etwa."

„Okay, dann widersprichst Du Dir aber selbst."

„Wieso?"

„Eben hast Du gesagt, ein Mensch kann seine Natur nicht ändern – und dass Du nie etwas anderes als Polizist sein wolltest. Jetzt sagst Du: ganz oder gar nicht. Also, was nun?"

Caponnetto blickte nach links, dann zurück zu Giulia, die seinen Blick mit einem kurzen Anheben des Kinns quittierte, um das "Also, was nun?" zu unterstreichen.

„Du kannst ganz schön hart sein", sagte Caponnetto, wobei seine Stimme Anerkennung und Erstaunen verriet.

„Ich bin hier nicht der Experte für Polizeiarbeit, Caponnetto, aber ich glaube, es gibt viele Wege, ein guter Polizist zu sein. Den für Dich richtigen Weg kannst nur Du finden – egal ob rund oder eckig."
Sie lächelte ihn an. Er beugte seinen Oberkörper nach vorne über den Tisch, nahm ihren Kopf zwischen seine Hände. Sie lehnte ihre rechte Wange gegen seine linke Hand und erwartete seinen Kuss.
Caponnettos Telefon klingelte.

„Entschuldige bitte", Caponnetto löste seine Hände von Giulia und stand auf, um sein *cellulare* aus der Hosentasche zu ziehen.

Tief in Caponnettos Brust zog sich etwas zusammen, als er sah, wer ihn anrief. Er entschuldigte sich bei Giulia und trat drei Schritte zurück. Erst dann tippte er auf das grüne Symbol, um den Anruf anzunehmen.

Giulia, noch verwirrt von der plötzlichen Unterbrechung, beobachtete, wie Caponnetto mit ernstem Gesicht konzentriert zuhörte. Er lief nicht wie sonst beim Telefonieren hin und her, sondern stand etwa zwei Meter entfernt.

Giulia sah den attraktiven Mann an, für den sie inzwischen ganz anders empfand als noch vor drei

Monaten. Seine Körperhaltung war aufrecht, der Kopf leicht angehoben. Caponnetto stand gerade, aber nicht steif. Sein Gewicht war gleichmäßig auf beide Beine verteilt. Er wirkte locker und zugleich hoch konzentriert.

Caponnettos Gesichtsausdruck veränderte sich innerhalb von Sekunden: von besorgt zu überrascht, dann wieder zu besorgt. Seine Augenbrauen formten eine Wellenbewegung – sie zogen sich zusammen, hoben sich, senkten sich wieder und schossen dann erneut nach oben.

Giulia konnte hören, wie er sich vom Anrufer verabschiedete, während er sich bereits wieder auf sie zubewegte.

Caponnetto sah sie ernst an.

„Es tut mir leid, Giulia. Das war Cristina. Ich muss sofort nach Savona. Wir sehen uns später. Dann erkläre ich Dir alles, jetzt muss ich los."

Er küsste sie auf die rechte Wange und eilte zu seinem Alfa Romeo.

Giulia schaute ihm überrascht hinterher und strich mit ihrem linken Zeigefinger sanft über ihre Wange, dann über ihre Lippen.

*

Wagner hatte sich entschieden, die A10, die *Autostrada dei Fiori*, der Landstraße vorzuziehen. Der Espresso im Autogrill von Bordighera war heiß und stark gewesen. Caponnetto hatte sie rechtzeitig über ihre Verspätung informiert, daher verspürte sie keine Eile.

Auf dem Parkplatz stand sie an ihre Wagen gelehnt, und blickte in den Himmel. Kleine Wolken schoben sich vor die Sonne. Trotzdem war das Licht merklich wärmer und intensiver als im noch winterlich anmutenden München. Die Sonnenstrahlen, die durch die Wolken drangen, erzeugten ein diffuses Glühen – typisch für den Frühling. Das Licht brach sich in den Wolken und reflektierte sanft, während der Himmel in Schattierungen von Orange, Rot und Violett erstrahlte.

Sie suchte einen Namen in der Kontaktliste ihres Telefons und rief den Mann an, den sie unter dem Namen Volker gespeichert hatte.

„Ungeduldig wie immer. Ich wundere mich, dass Du erst jetzt anrufst, Andrea", meldete sich Volker gut gelaunt.

„Und Du? Gründlich wie immer mit einem Hang zur Perfektion?"

„Ja, ja, mach Dich nur lustig. Aber Spaß beiseite, ich habe etwas über diesen *Carabiniere* herausgefunden. "

Er machte eine Kunstpause.

Wagner ertrug die Spannung geduldig. Warten fiel ihr leicht.

Schließlich gab Volker auf.

„Hallo, bist Du noch dran?"

Wagner lächelte und zählte leise bis fünf.

„Ja, natürlich bin ich noch da: Und was hast Du herausgefunden?"

„Giuseppe Caponnetto, *Capitano* der *Carabineri*, 43 Jahre alt, Einsätze in Palermo und Rom,

Verbindungsoffizier für ausländische Dienste, Ausbilder. Er war eine große Nummer bei der *ROS*. Du weißt schon, diese Sondereinheit."

Natürlich hatte Wagner von der *ROS*, dem *Raggruppamento Operativo Speciale*, gehört. Es war aus Einheiten hervorgegangen, die in den 1980er Jahren zur Bekämpfung des Terrorismus, insbesondere der Roten Brigaden, gegründet worden waren. Neu formiert und personell aufgestockt, war die *ROS* im Dezember 1990 als Sondereinheit zum Kampf gegen die Organisierte Kriminalität in Italien in Dienst gestellt worden.

„Seit einigen Monaten im Ruhestand", schloss Volker seinen Bericht.

„Ja, das weiß ich. Hast Du mehr Informationen zu der Zeit unmittelbar vor seinem Ruhestand?"

„Nicht viel. Die letzten zwei Jahre hat er hauptsächlich im Bereich der *Agromafia* ermittelt, dafür in Genua eine spezielle Ermittlungsgruppe aufgebaut und geleitet. Vor sechs Monaten hatte er dann einen Autounfall und ging kurz darauf in den vorzeitigen Ruhestand.

„Danke Dir, mein Lieber!"

›Viel Neues war nicht dabei‹, dachte Wagner, stieg in das Auto und startete den Motor. Sie war gespannt auf die Begegnung mit Caponnetto.

VII

Kaum hatte Bonfatti das Büro des *Questore* verlassen, griff er zum Mobiltelefon. Cristina hatte ihn mehrfach angerufen und dringend um Rückruf gebeten. Die Unruhe in ihrer Stimme passte nicht zur ruhigen und analytischen Art der Pathologin.

Der *Commissario* war beunruhigt. Dass er nun beim Versuch, sie zu erreichen, auf die Sprachbox umgeleitet wurde, war ihm lästig, verkomplizierte die Situation zusätzlich und machte ihn nervös.

Bonfatti lief eilig das Treppenhaus der *Questura* hinunter und hoffte, *Ispettore* Nobile an ihrem Platz zu finden.

›Vielleicht hat Cristina bei ihr eine Nachricht hinterlassen‹, dachte er.

Das Brummen seines Mobiltelefons signalisierte erneut den Eingang eines Anrufs.

„*Ciao* Cristina, was ist los?"

„Endlich! Antonio, stell Dir vor: sie ist weg!"

„Wer ist weg?"

„Die Leiche. Ich meine, die Leiche aus Albisola – sie ist weg!"

„Wie meinst Du das »weg«?"

„Na weg, nicht mehr da, hier aus der Pathologie verschwunden!", ihre Stimme klang schrill.

„Kannst Du bitte kommen?", bei diesen Worten brach Cristinas Stimme.

„Giuseppe ist auch auf dem Weg hierher."

„Du hast Giuseppe angerufen?", fragte Bonfatti besorgt. Ihm wäre es am liebsten gewesen, wenn sich sein Freund zuhause eingeschlossen hätte, bis die Sache mit Noce geklärt war. Dass Caponnetto jetzt auf dem Weg nach Savona war, gefiel ihm gar nicht. Andererseits konnte Cristina Donati nicht wissen, dass sie durch ihren Anruf den gemeinsamen Freund eventuell unnötig einer Gefahr ausgesetzt hatte.

Inzwischen war der *Commissario* vor Nobiles Büro angekommen und verabschiedete sich knapp von der Pathologin.

„Bleib, wo Du bist. Wir sind in zehn Minuten bei Dir."

Bonfatti trat durch die offenstehende Tür, fixierte Francesca Nobile und rief ihr zu: „Ausrücken in drei, Spurensicherung zur Pathologie Savona."

Nobile ahnte, dass dies kein gewöhnlicher Einsatz werden würde. Sie schaute zu ihrem Kollegen Gianni Sestri.

„Na los, worauf wartest Du? Mach Dich fertig. Der Chef erwartet uns in drei Minuten am Wagen. Und ich hoffe für Dich, dass Du diesmal den Wagen vollgetankt hast." Dabei wählte sie die Nummer der kriminaltechnischen Abteilung und orderte ein Team zur Spurensicherung ins Leichenschauhaus des *Ospedale San Paolo.*

Sestris kläglicher Versuch zu verbergen, wie sehr er sich anstrengen musste, um sich an den Tankfüllstand zu erinnern, amüsierte Nobile. Sie konnte sich das entspannt ansehen, denn sie hatte bereits zu Schichtbeginn den Füllstand des Einsatzwagens über die App auf ihrem Mobiltelefon geprüft und wusste, dass der Tank fast voll war.

*

Cristina Donati hatte inzwischen die Krankenhausleitung informiert, die jedoch leider so panisch reagierte, wie erwartet. Der Direktor plante umgehend eine Pressekonferenz einzuberufen, um sich nicht dem Verdacht auszusetzen, Informationen zurückzuhalten oder gar eine Straftat zu verschleiern.

Donati hatte fünf Minuten mit Engelszungen auf den Direktor eingeredet hatte, doch selbst ihr Argument, dass eine Pressekonferenz ohne die Polizei wenig sinnvoll sei, überzeugte ihn nicht. Schließlich griff sie tief in die Trickkiste der Rhetorik und setzte die Technik der „scheinbaren Zustimmung" wie eine Keule gegen ihren Vorgesetzen ein.

„Also gut, Herr Direktor, wahrscheinlich haben Sie Recht. Es ist das Beste, wenn wir eine Pressekonferenz abhalten. So können Sie gleich mit dem Gerücht aufräumen, dass auch bei uns die Chefärzte während der Arbeitszeit Tennis spielen gehen."

Der Einschub »auch bei uns« spielte auf einen Vorfall in einem öffentlichen Krankenhaus in Neapel an, wo der Direktor vor einigen Jahren gearbeitet hatte. 2017 waren dort 55 Krankenhausmitarbeitende – vom Krankenpfleger bis zum Arzt – wegen Betrugs bei ihren Arbeitszeiten festgenommen worden. Über Jahre hatten sie vorgegeben, im Dienst zu sein, während andere für sie stempelten. Einer arbeitete als Koch, um sein Gehalt aufzubessern, andere spielten in ihrer Arbeitszeit Tennis.

Der Direktor war damals nicht in die Vorgänge involviert gewesen, weder als Nutznießer des

Zeitdiebstahls, noch war er verdächtig, den Betrug unterstützt zu haben. Es gab auch keine Gerüchte über Betrugsfälle in Savona, doch die bloße Andeutung von Cristina Donati, diese alte Geschichte könnte erneut aufgewärmt werden, genügte, um dem Direktor Schweißperlen auf die Stirn zu treiben. Aufgeregt wedelte er mit den Händen.

„Um Himmelswillen – nein, ich meine ja. Sie haben Recht, keine Pressekonferenz ohne die Polizei, erst mal abwarten, ja? Das ist sicher viel besser."
Der Krankenhausdirektor wischte sich mit einem Tuch den Schweiß von der Stirn.

„Sagen Sie mir später Bescheid, wenn Sie mit der Polizei gesprochen haben?!"
Um deutlich zu machen, dass für ihn damit das Gespräch beendet war, setzte er seine Brille auf und drehte sich zum Bildschirm seines Computers. Cristina Donati verließ das Hauptgebäude und ging in schnellen Schritten zurück zur Pathologie. Ihre rechte Hand suchte und fand ihr Mobiltelefon in der rechten Tasche ihres Arztkittels. Jetzt, da Bonfatti auf dem Weg war, bedauerte sie, Caponnetto aufgescheucht zu haben.

*

Die Pathologie, untergebracht im Nebengebäude Nummer acht des Krankenhauses, war sowohl unterirdisch über das Hauptgebäude zu erreichen als auch über einen separaten Eingang, etwa 700 Meter östlich des Haupteingangs in der Via Genova. Dank Sirene schaffte der blau-weiß lackierte Einsatzwagen mit Sestri am Steuer die Strecke von der *Questura* in der Via dei Partigiani zum Krankenhaus in knapp fünf Minuten.

Gleich zu Beginn der kurzen Fahrt hatte der *Commissario* mit Nobile die wenigen Informationen geteilt, die er selbst hatte, und sie angewiesen, nach dem Eintreffen zunächst den Zugang zum Gebäude zu sichern. Er erwähnt auch, dass Caponnetto kommen würde und ihm Zugang gewähren sollte – auf seine Verantwortung.

„Eine komische Sache", meinte Nobile, nachdem sie dem *Commissario* zugehört hatte.

„Was meinen Sie *Ispettore*?"

„Nun ja: da wird eine Leiche gefunden und dann verschwindet sie über Nacht. Zur gleichen Zeit flieht ein Krimineller aus einem Gefängnis in München und macht sich auf den Weg in diese Region, weshalb das Landeskriminalamt einen Beamten schickt. Vielleicht besteht ja ein Zusammenhang?"

„Ach ja, stimmt", entgegnete Bonfatti. „Auch das noch! Der Kollege, den Hering uns schickt, der kommt morgen?", seine Stimme hob sich am Satzende zur Frage, dabei schaute er nach vorne und Sestri sah im Rückspiegel, wie er ihn fixierte.

„*Si, Signor Commissario*, ein Andrea soundso. Er kommt morgen um zehn Uhr ins Polizeipräsidium nach Savona. Wir haben ihm schon einen Platz hergerichtet."

„*Bravo* Sestri, guter Mann!"

Als Bonfatti das antwortete, biss sich Nobile auf die Lippen. Jetzt darauf hinzuweisen, dass sie es war, die den Stuhl und die Arbeitsmittel besorgt hatte, während sich Sestri zu einem zweiten Frühstück in die Bar verabschiedet hatte, würde nichts bringen. Stattdessen konzentrierte sie sich jetzt auf ihre Aufgabe – mit Sestri würde sie später abrechnen.

*

Caponnetto war auf halber Strecke zwischen Pietra Ligure und Savona, als ihn Cristinas Anruf erreichte.

„*Ciao* Giuseppe, tut mir leid, dass ich vorhin so aufgeregt war. Ich war in Panik, weil ich Antonio nicht erreichen konnte. Ich wusste nicht, was ich tun soll."

Caponnetto wartete ab, was Cristina ihm sagen wollte.

„Antonio ist jetzt unterwegs hierher. Also ich meine …", Cristina zögerte.

„Du meinst, ich muss nicht mehr kommen?"

„Ehrlich gesagt, …"

„Ist gut, Cristina, ich verstehe. Prima, dass Du Antonio erreicht hast. Ich wollte eh mal wieder in meiner Wohnung in Savona nach dem Rechten sehen, war also kein Umweg für mich", log Caponnetto während er in eine Seitenstraße abbog, um den Wagen zu wenden.

„Da bin ich aber erleichtert! Bleibst Du heute Abend hier?", erkundigte sich Cristina.

„Nein, ich muss später wieder zurück nach Pietra, bin dort zum Abendessen verabredet. Sag Antonio schöne Grüße von mir, vielleicht hören wir uns später, okay?"

„Danke nochmal, Giuseppe. Bis später", verabschiedete sich Cristina.

Im selben Moment bog der Einsatzwagen mit Sestri, Nobile und Bonfatti an Bord von der Via Genova ab und kam vor dem roten Backsteingebäude zum Stehen.

Bonfatti ging mit Cristina in die Pathologie, Nobile folgte ihnen, um den unterirdischen Zugang abzusperren. Sestri blieb außen vor dem Gebäude, um auf das Eintreffen der Kriminaltechniker zu warten und einige Schaulustige auf Distanz zu halten.

Nachdem Nobile den internen Zugang vom Hauptgebäude zur Pathologie mit Absperrband gesichert hatte, begann sie ebenso systematisch wie erfolglos das Personal zu befragen. Niemandem war etwas oder jemand Ungewöhnliches aufgefallen. Das war wiederum wenig überraschend, bei den hunderten Menschen, die täglich im Krankenhaus ein und aus gingen.

Sie rief Bonfatti an.

„Pronto, Signor Commissario?"

„Gut, dass Sie sich melden, Nobile. Ich wollte Sie auch gerade anrufen, aber bitte, zuerst Sie."

Nachdem Nobile ihren Bericht beendet hatte, quittierte Bonfatti ihn mit einem missmutigen Grummeln.

„Verstehe, keine Beobachtungen, keine brauchbaren Aussagen – na gut, besser gesagt: nicht gut! Die Spurensicherung ist jetzt vor Ort. Hoffen wir, dass die Kollegen etwas finden, das uns weiterbringt. Hören Sie Nobile, ich habe hier nichts mehr zu tun und Cristina braucht dringend frische Luft."

„Soll Sestri Sie fahren?"

„Nein, nicht nötig. Wir fahren mit Cristinas Auto. Eine Sache noch *Ispettore*: Es gibt wohl eine Überwachungskamera, keine Ahnung, ob die wirklich funktioniert …"

„Ich kümmere mich darum, und melde mich bei Ihnen!"

„Bestens, ich glaube, wir fahren nach Pietra in die Osteria. Das bringt Cristina auf andere Gedanken."

„Dann einen schönen Abend, *ci sentiamo*!"

*

Caponnetto hielt das Lenkrad mit beiden Händen. Auf der Straße, die sich hoch über der Küste entlangschlängelte, zahlte sich das Doppelkupplungsgetriebe seines Alfa Romeo Stelvio aus. Er drückte die Schaltwippe am Lenkrad nach unten, und schaltete einen Gang herunter. Nachdem er die Kurve hinter sich gelassen hatte, beschleunigte er leicht und drückte die Schaltwippe nach oben. Vor erstreckte sich ein Stück gerader Straße mit sanfter Steigung.

Ein Lastwagen kam ihm mit hohem Tempo entgegen. Plötzlich blendete der Fahrer das Fernlicht auf. Caponnetto vermutete zunächst, dass der Fahrer ihn vor einer mobilen Blitzstation oder einem Unfall auf der Strecke warnen wollte. Doch das Fernlicht blieb eingeschaltet.

›Vielleicht sind die Bremsen defekt‹, dachte Caponnetto.

Er klappte die Sonnenblende herunter und neigte den Kopf leicht nach vorne, um besser sehen zu können.

Der Lastwagen beschleunigte weiter und wurde nun zur Fahrbahnmitte gelenkt – direkt auf Kollisionskurs mit dem Alfa Romeo.

Caponnetto lehnte sich auf die Beifahrerseite, um einen besseren Blick auf die Fahrerkabine des Lastwagens zu bekommen. Der Mann am Steuer wirkte nicht im Geringsten besorgt. Kein Anzeichen von Panik war in seinem Gesicht zu erkennen. Im Gegenteil: Er grinste. Der Fahrer steuerte direkt auf ihn zu und grinste.

Hinter dem Lenkrad seines Alfa Romeo erfasste Caponnetto die Situation blitzschnell. Eine Kollision mit dem Lastwagen würde er vermutlich nicht überleben. Rechts von seiner Spur war nur eine dünne Leitplanke, die kaum in der Lage wäre, ihn abzubremsen. Dahinter fiel die Küstenstraße steil ab. Links der Lastwagen, rechts der schmale Metallstreifen und dahinter ein Abgrund. Dann quietschen die Reifen und das Metall der Leitplanke kreischte.

Wie oft war er schon im Schlaf aus genau dieser Szene aufgeschreckt? Caponnetto konnte es nicht sagen. Ebenso wenig konnte er unterscheiden, was davon Erinnerung und was Traum war. Doch dieses Mal war etwas anders gewesen. So sehr er sich auch anstrengte, Caponnetto konnte nicht sagen, was es war. Noch nicht.

Nach seiner Rückkehr nach Pietra Ligure hatte er sich nur kurz hinlegen wollen, um sich auszuruhen. Doch er war sofort eingeschlafen und hätte ihn sein Alptraum nicht aufgeweckt – ja, dann hätte er vielleicht sogar das Treffen mit Antonio Bonfatti und Cristina Donati in der Osteria verschlafen.

VIII

Caponnetto war etwa zwanzig Minuten vor dem *Commissario* und der Pathologin in der Osteria angekommen. Er hatte sich zu Giulia und Conchetta in die Küche gesellt und schaute der Hilfsköchin zu, wie sie Teig für Focaccia vorbereitete. Traditionell wird für Focaccia mehr Hefe und Öl verwendet als für Pizza. Der Teig wird nicht ausgerollt, sondern auf einem geölten Blech mit den Fingern vorsichtig in Form gezogen und anschließend noch einmal ruhen gelassen. So erhält die Focaccia ihre typische luftige und leichte Konsistenz. Caponnetto beobachtete interessiert, wie Conchetta den Teig flink und fingerfertig über das Blech zog.

Als Antonio Bonfatti und Cristina Donati im *Il Golfo* eintrafen, setzte sich Caponnetto zu ihnen an den Tisch. Das Trio tauschte die wenigen Informationen aus, die ihnen bekannt waren: Das männliche Skelett, das bei der Ausgrabung in Albisola gefunden worden war, ist zwischen 13 Uhr und 15 Uhr aus der Pathologie in Savona entwendet worden.

Donati hatte das Zeitfenster gut eingrenzen können, da sie bis 13 Uhr die Stofffetzen, vermutlich Überreste der Kleidung des Mannes, untersucht hatte. Danach war sie erst in der Krankenhauskantine zum Mittagessen gewesen und anschließend zu einer Versammlung der Ärzte gegangen. Ab 15 Uhr hatte sie eine andere Leiche obduziert und die Uhrzeit im Sprachprotokoll dokumentiert. Der Obduktionstisch, an dem sie gearbeitet hatte, befand sich im selben Raum wie die Leichenkühlkammern.

Zwar war es nicht unbedingt notwendig gewesen, das Skelett in eine Kühlkammer zu legen, da es kein organisches Material mehr besaß, das konserviert werden musste, um den Verwesungsprozess zu verlangsamen. Doch aus praktischen Gründen hatte Donati hatte das Skelett wie alle anderen Leichen behandelt, die bei ihr eingeliefert wurden. Wobei es ihre Arbeit natürlich sehr erleichtert hätte, wenn am Fund aus Albisola noch Gewebe vorhanden gewesen wäre.

Gerne hätte die Pathologin ihre Kenntnisse aus der Weiterbildung in Forensischer Entomologie angewendet, mit deren Methoden sich durch die Bestimmung von Fliegen- oder Käferarten die Liegedauer einer Leiche schätzen lässt.

Die Fälle, die Donati für gewöhnlich auf den Tisch bekam, waren meist frisch. Ab und zu gab es eine Wasserleiche, doch nur selten Körper, die lange gelegen hatten, sodass man zum Beispiel anhand des Entwicklungsstadiums der Insektenlarven den Todeszeitpunkt eingrenzen konnte. Dass sie dieses Wissen selten anwenden würde, war ihr bei der Anmeldung zur Weiterbildung bewusst gewesen. Dennoch faszinierte sie das Thema und sie teilte ihre Kenntnisse gern mit Bonfatti und Caponnetto – selbst bei Tisch.

*

Giulia stand der Ekel noch immer im Gesicht, als sie wieder in die Küche trat. Conchetta, die einen Hähnchenschenkel zwischen dem linken Daumen und Zeigefinger hielt, nickte ihrer Chefin zu.

„Und was sagt unser Ermittlertrio?"

„Während ich die Bestellung der Getränke aufgenommen habe, ging es um Verwesungsstadien von Leichen, also welche Maden wann zu finden sind."

„Maden, na ja", sagte Conchetta, „wem's schmeckt. Ich habe gelesen, dass die in Mailand inzwischen auch Spaghetti aus Grillenmehl servieren."

Sie bewegte das Gelenk des Hähnchens zwischen Ober- und Unterschenkel hin und her, um die richtige Stelle für den Schnitt zu finden.

„Ist der *Signor Commissario* denn sicher, dass die Person umgebracht wurde."

Conchetta zog das Messer durch die Gelenkmitte, legte den Unterschenkel in eine Schale und wusch sich die Hände.

„Ich meine, viele Menschen sterben ja bei Haushaltsunfällen: Die kriegen einen Stromschlag, stürzen von der Leiter, oder rutschen beim Duschen aus und dann: Crack – Genickbruch."

Dabei biss Conchetta herzhaft in ein Stück Karotte. Crack!

Giulia schüttelte sich.

„Also falls Du Dich an den Ermittlungen beteiligen willst, nur zu Miss Marple."

Sie deutete mit dem Kopf in Richtung Küchentür.

„Ich komme hier auch alleine klar!"

Am Tisch, auf den Giulia gezeigt hatte, hatte sich das Gespräch von den Maden zum aktuell wichtigeren Thema verlagert – den verschwundenen Knochen.

„Aber dass es der Täter war, der die Leiche gestohlen hat, ist ja erstmal nur eine Annahme", sagte Caponnetto.

„Wer immer die Leiche gestohlen hat, ist auf jeden Fall *ein* Täter, weil er die Totenruhe gestört hat", entgegnete Bonfatti, „aber ob dieselbe Person auch für den Tod des Mannes verantwortlich ist, wissen wir nicht."

„Das wäre ein enormer Aufwand und ein großes Risiko, eine Leiche aus einem Krankenhaus zu stehlen, wenn man nichts mit dem Tod zu tun hat", warf Caponnetto ein.

„Also nehmen wir an, jemand stiehlt die Leiche, um zu verhindern, dass bei der Obduktion etwas gefunden wird, das ihn oder sie als Täter belastet", überlegte Cristina laut und führte den Gedanken fort. Giulia trat mit den Getränken an den Tisch und hörte nun, da es nicht mehr um Maden, Eier und Käfer ging, interessiert zu.

„Dann sollten wir uns fragen, was an der Leiche den Täter überführen könnte", murmelte Caponnetto.

Donati überlegt kurz.

„Es gab kein Einschussloch. Zumindest habe ich bei der ersten Inaugenscheinnahme keines gesehen, also auch kein Projektil, das Fingerabdrücke aufweist, oder für eine ballistische Identifizierung genutzt werden könnte."

Giulia warf der Pathologin einen fragenden Blick zu.

„Sorry Giulia, wir mit unserem Fach-Bla-Bla", sagte Donati entschuldigend.

Mit »ballistischer Identifizierung« bezeichnen wir Verfahren, um festzustellen, ob Munition oder Projektile aus einer bestimmten Schusswaffe stammen. Damit lassen sich zwar Täter nicht zweifelsfrei identifizieren, aber Verbindungen zwischen einzelnen Taten herstellen.

„… Und diese Verbindungen können neue Fahndungsansätze liefern", ergänzte Bonfatti.

„Genau, aber ohne Projektil, keine Forensik – also was könnte den Täter sonst überführen?"

„Was ist mit Stoffresten der Kleidung?" Caponnetto brachte die Frage in die Diskussion ein.

„Größtenteils zerfallen. Was davon übrig war, habe ich gesichert. Die Tüte lag neben der Leiche und wurde nicht angerührt."
Giulia blickte in drei ratlose Gesichter.

„Ich glaube, ihr denkt zu kompliziert."
Sie merkte sofort, dass die Formulierung nicht glücklich war und fügte schnell hinzu: „Also ich meine, vielleicht stellt Ihr die falsche Frage und kommt daher nicht auf die richtige Antwort."

Caponnettos Blick wanderte von Giulia zu Bonfatti, dann zu Cristina und wieder zurück zu Giulia.

„Du denkst also, wir stellen uns die falsche Frage?"
Er sah zur Seite, die Augen scheinbar in die Ferne gerichtet, die Lider leicht geschlossen. Schließlich nickte er mehrmals langsam mit dem Kopf, bevor er ihn wieder zu Giulia drehte.

„Vielleicht hast Du recht, vielleicht gibt es nichts an der Leiche, das den Täter überführen könnte. Die Leiche selbst ist der Schlüssel", sagte Caponnetto nachdenklich.

Giulia wirkte erleichtert.

„Na, dann könnt ihr ja jetzt mal eine Pause machen, und mir sagen, was ihr noch essen möchtet." Caponnetto winkte ab.

„Ich habe später noch eine Verabredung zum Essen."

Donati und Bonfatti schauten sich unschlüssig an. Es war zu früh fürs Abendessen. Giulia verstand sofort und nutzte die Gelegenheit um ihre Neuheit vorzustellen.

„Wir bieten jetzt auch *Apero-Cena* an. Conchetta hat die Focaccia gerade aus dem Ofen geholt", dabei sah sie Caponnetto aufmunternd an. Der nickte begeistert.

„Ihr denkt jetzt sicher, *Apero-Cena* gehört eher in eine Bar als in eine Osteria. Aber es gibt hier nicht viele Bars, die das wirklich gut machen, und da dachte ich, warum nicht mal ausprobieren, wie es angenommen wird", erklärte Giulia und sah das Paar erwartungsvoll an.

„Dann: zweimal *Apero-Cena* bitte!", sagte Cristina strahlend. Die Wahl des Aperitifs fiel ihr leicht. Seit dem vergangenen Sommer hatte sie einen neuen Lieblingsdrink: Ginrosa. Lieblicher als Campari, und herber als Aperol, wird der Ginrosa aus aromatischen Kräutern, den Wurzeln von Heilpflanzen und Wachholderbeerenextrakt hergestellt – ganz nach Cristinas Geschmack.

„Für mich einen Ginrosa mit Tonic. Und für Dich *Amore*?"

„Mmh, ich nehme einen Garibaldi!"

„Schöne Idee", sagte Giulia, „einen Garibaldi hat schon lange niemand mehr bestellt."
Der leichte Cocktail war nicht anspruchsvoll in der Zubereitung, aber Giulia mochte ihn wegen des perfekten Zusammenspiels von Süße und Bitterkeit. Für den Garibaldi werden nämlich nicht einfach nur aus fünf bis sechs cl Campari mit Orangensaft gemischt, wie viele denken. Stattdessen wird der frisch gepresste Saft von Orangen gesiebt und mit einem Pürierstab luftig geschlagen. Erst dann wird der schaumige Saft in ein Highball Glas mit dem Campari gegeben. So kommt der Garibaldi zum typischen rot schimmernden Farbton, dem der Cocktail seinen Namen verdankt – in Anlehnung an die roten Hemden des italienische Freiheitskämpfers Giuseppe Garibaldi.

*

Francesca Nobile fackelte nicht lange. Sie kannte Typen wie diesen Portier und wollte keine Zeit verlieren. Sestri hatte es auf die freundliche Art versucht, doch der Portier hatte die Herausgabe des Schlüssels zum Raum mit den Bändern der Überwachungskamera verweigert.

„Er will einen Durchsuchungsbeschluss sehen, haben wir den?", hatte Sestri sie über Funk gefragt. Nobile hatte nicht geantwortet. Stattdessen war sie zügig die 300 Meter zur Pförtnerloge gelaufen und stieß die Tür mit Schwung auf.

„Ach-tung!", rief Nobile in militärischem Ton.

Sestri, der noch immer in der Loge mit Roberto Papi diskutierte, fuhr erschrocken herum und salutierte. Der verdutzte Papi versuchte ebenfalls sofort eine stramme Haltung anzunehmen, so gut es sein krummer Rücken zuließ.

„*Agente* Sestri, nehmen Sie diesen Mann fest und bringen Sie ihn in das Polizeipräsidium. Sorgen Sie dafür, dass er mit niemandem spricht oder Informationen an seine Komplizen übermittelt."

Sie musste sich beherrschen, um nicht laut loszuprusten.

„Aber ich …", setzte Roberto Papi mit zittriger Stimme zu einer Verteidigungsrede an, doch Nobile fiel ihm scharf ins Wort.

„Offensichtlich behindern Sie eine polizeiliche Ermittlung, was mich zu dem Schluss führt, dass Sie möglicherweise an dem abscheulichen Verbrechen beteiligt sind, das sich hier ereignet hat. Wenn ich es mir recht überlege, sind Sie der Hauptverdächtige", sagte sie und wandte sich dann an Sestri, „Also *Agente* Sestri, führen Sie ihn ab! Einzelhaft, bis die Sonderermittler eintreffen. Und richten Sie den Verhörraum her. Ich hoffe die Sauerei von gestern ist bereits beseitigt."

Sestri verstand nur Bahnhof, doch Nobiles militärischer Ton verfehlte seine Wirkung nicht. Instinktiv griff er mit der Linken nach den Handschellen und packte Roberto Papi mit der Rechten an der Schulter.

Da Papis Gesicht nun zur Wand gedreht war, zwinkerte Nobile ihrem Kollegen zu, aber der verstand ihr Zeichen nicht. Also trat Nobile einen Schritt nach vorne und legte zwei Finger auf Sestris Hand, die noch immer Papis Schulter fixierte.

„Oder können wir doch auf Ihre Kooperation zählen, *Signor* Papi?"

„Ja, ja, natürlich. Das ist alles ein großes Missverständnis. Sagen Sie mir, was Sie brauchen." Nobile hob Sestris Hand hoch, so dass Papi sich umdrehen konnte.

„Den Schlüssel zum Raum mit den Videobändern. Am besten, Sie machen Ihren Schalter erstmal zu und begleiten uns."

„*Si certo, subito*", rief Papi, schloss hastig das Sprechfenster und stellte sein »Bin gleich zurück«-Schild auf.

„Wenn Sie keinen weiteren Ärger machen, bin ich bereit, das hier zu vergessen und sehe von einer Meldung beim Krankenhausdirektor ab."

„Melden! Mich? Beim *Dottore Direttore, oh Dio mio*!", rief Papi und schlug die Hände über dem Kopf zusammen.

„Ich konnte ja nicht ahnen ..." Papi erschrak, weil er vor lauter Aufregung die Stimme erhoben hatte, und begann nun zu flüstern: „Kommen Sie, kommen Sie *Ispettore*, der Raum ist gleich hier drüben."
Papi lief hastig voraus, wobei sein Oberkörper so weit nach vorne gebogen war, dass sein Kopf immer einige Zentimeter vor den Füßen den Weg wies, während seine Arme seitlich mitschwangen.

Fünf Minuten später fand Francesca Nobile auf dem Videoband, wonach sie gesucht hatte.

*

Bonfatti schaute nachdenklich in die Runde, während er an seinem Garibaldi nippte.

„Die erste Frage, die ich mir stelle, lautet:", Cristina Donati nahm sich ein Stück Focaccia vom Teller, „woher wusste der Täter, dass die Leiche gefunden worden war? Ich meine, die Nachricht über den Fund an der Ausgrabungsstelle hatte sich doch noch nicht in den Medien verbreitet, oder?"

„Du meinst, es könnte jemand aus der Nachbarschaft gewesen sein? Jemand, der hier vor vielen Jahren die Leiche vergraben hat und jetzt, weil er immer noch hier wohnt, das ganze Trara mitbekommen hat?", fragte Bonfatti.

„Lass uns mal nachdenken", sagte Caponnetto. Doch er kam nicht dazu, den Satz zu beenden. Das Telefon von Bonfatti klingelte.

Der *Commissario* hob es an.

„Es ist Nobile!", sagte er. „*Pronto. Ispettore*, was haben Sie herausgefunden?"

Bonfattis Blick wurde ernst. Die Mundwickel zuckten leicht nach unten, und fast gleichzeitig zogen sich die Augenbrauen zusammen. Er pfiff durch die Zähne. Den fragenden Blicken von Donati und Caponnetto wich er aus, indem er sich zur Seite drehte.

„Wir treffen uns in der *Questura*; in zwanzig, nein, sagen wir in dreißig Minuten. *Ciao!*"

Bonfatti legte das Telefon zurück auf den Tisch und nahm Cristinas Hand.

„*Amore*, wir müssen gehen", und zu Caponnetto gewandt: „Nobile hat die Aufnahmen der

Überwachungskamera angeschaut und dabei einen Mann identifiziert."

Während er sprach, formten sich die Lippen von Caponnetto zu einem schmalen Strich.

„Jetzt sag bloß, sie hat Noce auf den Bändern gesehen? Drehen denn jetzt hier alle durch?"

Cristina versuchte, den aufgebrachten Caponnetto zu beruhigen.

„Antonio, wenn das stimmt, ist das eine sehr ernste Sache."

„Ja, eben. Wenn es stimmt, aber das sind doch alles Hirngespinste."

„Na schön, Peppino. Wenn Du denkst, Nobile irrt sich, dann fahr doch einfach mit uns ins Präsidium und schau Dir die Aufnahmen selbst an."

„Pah, dafür ist mir die Zeit zu schade", entgegnete Caponnetto schroff, „außerdem bin ich hier mit jemandem verabredet. Und sie sollte jede Minute hier sein!"

„Meinst Du mich?", fragte Giulia, die aus der Küche gekommen war, als sie die Stimme von Caponnetto gehört hatte – undeutlich, aber eindeutig laut und aufgeregt. Bonfatti war verärgert über die Abfuhr seines Freundes.

„Nein, Giulia, ich denke, der Herr erwartet eine andere Dame, eine, die ihm so lieb scheint wie sein Leben." Dann zog er seine Freundin an der Hand mit sich und lief in Richtung Straße. Cristina Donati konnte gerade noch ihre Handtasche fassen.

Nach zwei Metern blieb Bonfatti fluchend stehen. Der *Commissario* lief zurück zum Tisch, griff nach dem Autoschlüssel und machte dann eine kreisende Handbewegung über dem Tisch.

„Das hier geht auf meinen Freund, er bleibt ja ohnehin noch länger hier."

Caponnetto, nicht bereit, auf Bonfatti einzugehen, schüttelte trotzig den Kopf und hielt den Blick gesenkt.

Bonfatti verabschiedete sich knapp von Giulia, lief mit schnellen Schritten zu Cristina und dann mit ihr weiter in Richtung seines Wagens.

Giulia sah ihm unschlüssig hinterher und dann auf Caponnetto.

„Was hat Bonfatti damit gemeint, als er sagte, Du triffst Dich mit einer Frau, die Dir wichtiger ist als Dein Leben."

„Fängst Du jetzt auch noch an, mir auf die Nerven zu gehen?", fauchte Caponnetto unwirsch.

Die Antwort von Giulia kam prompt.

„Ich bedaure *Signor* Caponnetto, für heute Abend nehmen wir keine Reservierungen mehr an. Und das hier", jetzt war sie es, die eine kreisende Handbewegung über dem Tisch machte, „das geht aufs Haus. Und jetzt möchte die Osteria gerne schließen. Ich fühle mich nicht wohl." Mit diesen Worten drehte sie sich um und lief in die Küche.

Conchetta sah die Tränen in Giulias Augen und verkniff sich all die Fragen und all die Ratschläge, die ihr in den Sinn kamen. Stattdessen sagte sie „Ich räume draußen ab, ja?"

Giulia schluchzte, nickte mit dem Kopf, riss sich ein großes Stück Küchenpapier ab, schnäuzte sich und rief dann laut „*Che stronzo!*"

Caponnetto war bereits vom Tisch aufgestanden und stand nun, da sich Trotz mit Ärger über seine mangelnde Selbstbeherrschung mischte, unschlüssig auf der Terrasse.

Conchetta sah ihn mit wachen und offenen Augen an. Caponnetto erwartete eine Standpauke von ihr und war bereit, diese über sich ergehen zu lassen. Noch einen Streit wollte er nicht vom Zaun brechen.

„Keine einfache Zeit für Sie, Dottore?"

Caponnetto legte den Kopf zur Seite.

„Wie bitte? Was haben Sie gesagt, Conchetta?"

„Ich meine, es scheint gerade keine einfache Zeit für Sie, ist doch so, oder?"

„Ja, allerdings. Keine einfache Zeit. Bitte sagen Sie Giulia, dass es mir leid tut."

„Nein, nein. Das machen Sie mal schön selber. Dass ich Mitgefühl für Ihre Situation habe, die offenbar gerade besonders schwierig ist, bedeutet nicht, dass ich gutheiße, wie Sie sich verhalten."

Caponnetto dachte, ›Die Alte ist wirklich hart wie ein Stein.‹

Der Gedanke amüsierte ihn und so fand er einen Ausgang aus dem dunklen Tunnel, in dem er sich verlaufen hatte.

„Sie haben Recht, Conchetta. Keine einfache Zeit für mich, aber das ist kein Grund, ein Arsch zu sein. Ich danke Ihnen."

Sein Telefon signalisierte den Eingang einer Kurznachricht.

„Ich melde mich morgen bei Giulia. Jetzt muss ich mich um einen Gast aus Deutschland kümmern. Danke, Conchetta!"

Conchetta sagte „*Arrivederci*" und flüsterte „*Vada con Dio, Capitano!*", während sich Caponnetto eilig entfernte.

I X

Caponnetto stieg in seinen Alfa Romeo und rief Andrea Wagner an.

„Hallo Caponnetto, sind Sie es? Die Verbindung hier ist sehr schlecht. Ich stehe in einem Tunnel im Stau."

„Ja, ich bin es", rief Caponnetto mit lauter werdender Stimme.

„Ich kann Sie hören und habe auch Ihre Nachricht bekommen." Bei Andrea Wagner kamen nur Wortfetzen an; der Rest wurde durch ein oszillierendes Rauschen unterdrückt. Es machte keinen Sinn, weiter ins Telefon zu brüllen. Caponnetto beendete das Gespräch und schrieb drei Textnachrichten.

„Keine Eile, ich warte auf Sie" und dann, „Planänderung. Wir essen bei mir". In der dritten Nachricht stand seine Adresse.

Wagner quittierte mit einem kurzen „Ok" und „Brauche mind. noch 2h".

Nach dem Streit mit Giulia wollte Caponnetto auf keinen Fall Öl ins Feuer gießen und Andrea Wagner nicht in die *Osteria Il Golfo* bringen, auch wenn Giulia ihre Ankündigung, für heute zu schließen, höchstwahrscheinlich nicht wahrgemacht hatte. Stattdessen würde er zuhause eine Kleinigkeit vorbereiten und vielleicht morgen zusammen mit Bonfatti und Wagner in die Osteria gehen. Zuvor würde er Giulia aufsuchen und sich entschuldigen.

Mit diesem Plan im Kopf wurde es Caponnetto etwas leichter im Herzen und sogleich meldete sich auch sein Magen. Auf halbem Weg zur Via San Francesco stoppte er in der Via Repubblica wo er alles fand, was er benötigte. Ein paar Zwiebeln, Tomaten, Sellerie, Karotten und Ricotta; Pecorino und Knoblauch hatte er noch zuhause, Weißwein sowieso.

*

In der *Questura* stand Nobile mit zwei Ausdrucken im Büro von *Commissario* Bonfatti. Auf dem ersten war das Gesicht von Simone Noce vor dem Haupteingang des Krankenhauses neben der Pförtnerloge zu sehen, während der zweite Ausdruck denselben Mann im Profil beim Verlassen des Geländes zeigte. Weniger deutlich zu erkennen war, was er in der Hand hielt, doch Nobile, Donati und Bonfatti waren sich einig, dass es wie ein Müllsack aussah.

„Den Sack hat er sich vermutlich im Krankenhaus aus einem der Putzschränke genommen. Sestri hat die Zeugen für morgen hier ins Präsidium einbestellt, damit sie sich die Fotos anschauen können. Eventuell fällt dem einen oder anderen dann noch etwas ein, was uns weiterhilft", schloss Nobile ihren Kurzbericht.

„Und ihr meint wirklich, dass in dem Sack die Knochen meiner Leiche sind?", fragte Cristina etwas ungläubig.

„Also, das wären schon sehr viele Zufälle. Ein Mafioso flieht aus einem deutschen Gefängnis, wird hier in der Provinz gesichtet und dann auch noch genau dort, wo ein Skelett aus der Pathologie verschwindet …"

Der *Commissario* hielt inne.

„Und ich dachte, Noce wäre hier wegen Caponnetto."

„Aber das eine muss das andere ja nicht ausschließen, oder?", warf Nobile ein.

„Guter Punkt, *Ispettore*. Ich verstehe nicht, warum Noce dieses Risiko eingeht. Was hat er mit der Leiche vor?"

„Vielleicht will er sie Caponnetto bringen" überlegte Donati laut.

„Aber was soll Caponnetto mit den Knochen? Er ist doch kein Hund", sagte Bonfatti lachend.

„Dann eben nicht als Geschenk, sondern als Warnung", versuchte Nobile die Idee fortzuspinnen.

„Tja", sagte der *Commissario* resigniert, „so kommen wir nicht weiter. Wir brauchen, um dieses Rätsel zu lüften, Noce oder Caponnetto, oder am besten beide."

Während er zum Telefon griff und eine Nummer in Deutschland wählte, fragte er Nobile: „Wie heißt gleich der Kollege aus Deutschland, der Zielfahnder?"

„Er heißt Wagner! *Signore* Wagner sollte heute Abend ankommen und uns morgen hier im Polizeipräsidium treffen."

Kaum hatte Manfred Hering abgenommen, begann Bonfatti schnell zu berichten, was in den vergangenen Stunden alles vorgefallen war.

„Langsam, langsam, mein lieber Bonfatti. Verstehe ich Sie richtig: Sie haben Noce in Savona gesichtet und verdächtigen ihn, eine Leiche gestohlen zu haben."

„Nun ja, ein Skelett, um genau zu sein."

„Und Caponnetto, was sagt der dazu?", wollte Hering wissen.

„Das ist es ja: Unser Freund schmollt, trotzt, und tut so, als ob ihn das nichts anginge! Er meint, wir spinnen und sollen ihn in Ruhe lassen."

„Aber den Gefallen können wir ihm nicht tun."

„Was schlagen Sie vor?", fragte der *Commissario*.

„Wir teilen uns auf. Sie haben Fotos, richtig?"

„Ja, zwei Aufnahmen der Überwachungskameras aus dem Krankenhaus", bestätigte Bonfatti.

„Dann schicken Sie jemanden zu Caponnetto mit diesen Aufnahmen, am besten jemanden, bei dem er nicht gleich wieder emotional wird", schlug Hering vor.

Nobile, die über den Lautsprecher mitgehört hatte, tippte sich mit zwei Fingern auf die Brust.

Bonfatti nickte.

„Ja, okay, machen wir!"

„Gut, und ich rufe Marini an, damit er bei unserem Freund jemanden vor dem Haus postiert. Der General kann diese Schutzmaßnahme anordnen, auch wenn es Caponnetto nicht passt."

Bonfatti nickte zustimmend.

„Sagen Sie mal, wie ist Noce – wenn er es denn gewesen ist – vom Krankenhaus weggekommen?", erkundigte sich Hering.

„Auto", antwortete Nobile, „er hat ein Auto gestohlen, einen Fiat."

„Was für ein Modell?", wollte Hering wissen.

Bonfatti und Nobile schauten sich fragend an.

„Einen Fiat Panda, warum?"

„Altes oder neues Modell?"

Nobile blätterte in ihren Notizen und deutete dann mit dem Finger auf die richtige Stelle.

„Ein altes Modell", antwortete Bonfatti.

„Warum fragen Sie?"

„Noce ist clever. Als er hier ausgebrochen ist, hat er nicht irgendein Auto gestohlen, sondern einen 3er BMW. Der fällt erstmal nicht auf, weil das Modell in München häufig zu sehen ist, und der Wagen hat ihn schnell nach Italien gebracht."

„Verstehe", sagte nun Nobile.

„Sie meinen, er hat aus demselben Grund hier einen Fiat gestohlen."

„Ja", sagte Hering.

„Ich bin nur nicht sicher, ob ich mich darüber freuen soll, dass er ein altes Modell gewählt hat, denn das bedeutet ..."

Bonfatti unterbrach seinen deutschen Kollegen und beendete den Satz: „Dass er dieses Auto nicht benutzen will, um schnell Strecke zu machen, sondern um sich hier in der Gegend unauffällig zu bewegen?!"

„Genau, das denke ich. Um mit dem Auto nach Kalabrien zu fahren, hätte er ein neues, schnelleres Modell gewählt. Mit einem alten Fiat Panda fährt er nicht auf die *autostrada*."

Cristina Donati, die bisher still zugehört hatte, erkannte nun die Bedeutung der gesprochenen Sätze und erschrak.

„Das heißt, er fährt nach Pietra zu Caponnetto."

„Das ist zumindest ein Szenario, vielleicht fährt er auch nach Savona an den Hafen oder in eine der anderen kleineren Küstenstädte, um dort auf den Zug umzusteigen", ergänzte Nobile.

„So oder so, wir sollten keine Zeit verlieren: Wir machen es wie besprochen. Und melden Sie sich bitte bei mir, wenn Sie Caponnetto die Aufnahmen gezeigt haben."

*

In einer Seitenstraße beim Krankenhaus hatte Noce schnell den idealen Wagen gefunden. Den Fiat aufzubrechen war leicht gewesen; den Müllsack mit den Knochen hatte er in den Kofferraum gelegt. Danach war *U Muto* zum Parkplatz eines Supermarktes gefahren. Dort angekommen musste er sich fast eine Stunde gedulden, bis ein geeignetes Opfer auftauchte. Es war ein alter Mann, der zu Fuß zum *Coop* kam, also vermutlich in der Nähe wohnte.

Noce war ausgestiegen und seinem Opfer durch den Supermarkt gefolgt. Er hatte beobachtet, wie der Mann Produkte aus den Regalen nahm, manchmal wieder zurückstellte, manchmal in seinen Einkaufswagen legte. Noce hatte den traurigen Blick in den Augen des Mannes gesehen. Es war der Blick des Zweifels, ob die Menge nicht zu viel und die Packung nicht zu groß wäre. Es war der Blick eines Menschen, der noch nicht lange allein lebte. Es war der Habitus eines einsamen Menschen – für Noce das perfekte Opfer.

An der Kasse hatte er mit dem Alten Blickkontakt aufgenommen. Der Mann, ausgehungert nach etwas Aufmerksamkeit, hatte Noce sofort angeboten, ihn vorzulassen. Die Falle war zugeschnappt. Der Rest war einfach gewesen.

Noce war seinem Opfer zu dessen Wohnung gefolgt, hatte zehn Minuten gewartet und dann geklingelt. Als der Mann die Tür öffnete, hielt ihm Noce einen 10-Euro-Schein vor die Nase.

„Ich glaube, der ist Ihnen im *Coop* aus der Tasche gefallen."

„Oh *Signore*, das ist sehr freundlich von Ihnen, aber ich weiß gar nicht ...."

„Ich bin sicher, Sie hätten das gleich getan, *Signor* ..."

Am Klingelschild standen, wie Noce erwartet hatte, zwei Namen. Da er nicht wusste, welches der Name des Mannes und welcher der seiner vermutlich vor kurzem verstorbenen Frau war, hielt er die Stimme oben ohne einen Namen zu nennen.

„Greco, mein Name ist Greco."

„*Piacere*, mein Name ist Gallo", dabei schaute Noce auf seine Uhr.

„Ach herrje, schon so spät! Ich will Sie auch nicht weiter stören."

„Stören? Sie stören ganz und gar nicht. Möchten Sie vielleicht ein Glas Eistee oder einen *Caffè*, *Signor Gallo*?"

Kaum hatte Greco die Haustür hinter ihnen geschlossen, zog Noce am losen Ende der Wäscheleine, die er im *Coop* gekauft hatte und die jetzt in seiner Hosentasche verstaut war. Eine schnelle Bewegung von rechts unten nach links oben, gefolgt von einer schnellen Kreisbewegung rechtsherum um den Kopf des Alten, genügte, um ihm die Schlinge um den Hals zu legen. Während er mit der linken Hand die Wäscheleine fixierte, zog Noce die Schlinge zu.

Signor Greco keuchte kurz. im Garderobenspiegel konnte Noce sehen, wie sich die Augen des alten Mannes weiteten. Dann war ein Laut zu hören, wie bei einem trockenen Ast, der mit den Fingern zerbrochen wird. Das knirschend-knackende Geräusch zeigte an, dass *Signor* Grecos Kehlkopfknorpel gebrochen war. Noce zog noch etwas weiter an der Schlinge, bis Grecos toter Körper schlaff zwischen seinen Händen hing.

Der Stumme zog die Leiche in das Schlafzimmer, wusch sich im Badezimmer die Hände, trug die Tasche mit den Einkäufen, die noch immer im Flur stand in die Küche und setzte sich einen *Caffè* auf.

*

Zuhause überlegte Caponnetto, ob er zuerst duschen oder den *sugo* aufsetzen sollte, oder ob er zunächst die Vorbereitungen in der Küche abschließen wollte. Er entschied sich für einen Mittelweg.

Er wusch sich die Hände, zog Hemd, Hose und Strümpfe aus und lief nur mit Unterhose und Unterhemd bekleidet in die Küche. Der Sommer war noch einige Wochen entfernt, aber heute war es ungewöhnlich schwül. Und Wagner würde noch mehr als eine Stunde zu ihm brauchen.

Caponnetto nahm sein *cellulare* und öffnete die App von *Radio Onda Ligure*. Er erkannte das Intro von »*Mare Mare*«, und drehte die Lautstärke höher. Auf einem Brett schnitt er die Selleriestange zusammen mit der Karotte und der Zwiebel klein und gab alles zusammen mit einer gehackten Knoblauchzehe in einen Topf.

Als die Hausglocke läutete, trat Caponnetto zum Fenster und sah vor dem Tor eine Frau mit roten Haaren. Sie stand lässig an ihren Wagen gelehnt. Er erkannte sie als die Frau, die ihm Hering mit einem Anruf, gefolgt von einem Foto, angekündigt hatte. Die Musik war so laut gewesen, dass er nicht gehört hatte, wie der Wagen die Auffahrt hochgekommen war.

Caponnetto öffnete das Fenster.

„Einen Moment bitte. Ich mache das Tor auf, dann können Sie mit dem Wagen reinfahren."

Er drückte den Toröffner, lief ins Schlafzimmer, zog sich eine Jeans an, streifte ein T-Shirt über und ging die Treppe hinunter. Vor ihm stand eine sportliche Frau, Mitte 30, breite Schultern, schmale Taille, mit roten Haaren, grünen Augen und Sommersprossen im Gesicht.

›Hätte ich doch besser gleich geduscht‹, dachte Caponnetto und streckte Andrea Wagner die Hand entgegen.

„*Buon giorno Capitano*", sagte Andrea Wagner fröhlich.

„Ich hoffe, es macht nichts, dass ich nun doch früher da bin als angekündigt. Der Stau hat sich schneller aufgelöst als erwartet."

„Überhaupt kein Problem", log Caponnetto.

„Schön, dass Sie hier sind, aber bitte nennen Sie mich Giuseppe oder einfach Caponnetto, so wie die meisten. Ich bin nicht mehr im Dienst, aber das wissen Sie ja längst, oder?"

Wagner überging die Frage.

„Ich möchte Ihre Gastfreundschaft nicht überstrapazieren, aber dürfte ich mich etwas frisch machen."

„Oh, ich wollte auch gerade duschen", rutschte es Caponnetto heraus.

Wagner hob die rechte Augenbraue an.

„Also, ich meine: Ja, klar. Sie können sich frisch machen. Heute ist es so schwül, da werde ich später auch nochmal duschen."

Caponnettos Gesicht färbte sich wie der Abendhimmel im Sommer.

„Nicht dass sie denken … Ich meine, ich wollte nicht andeuten, dass ich und Sie, also Sie und ich …. Außerdem habe ich drei Badezimmer hier!"

Beide mussten lachen.

„Dann hole ich mal meinen Koffer aus dem Auto."

„Und ich gehe in die Küche, da habe ich einen Topf auf dem Herd. Sagen Sie, Andrea, haben Sie Hunger?"

„Oh ja, Giuseppe, ich habe sogar großen Hunger. Und bitte nenne mich Rea. Andrea sagen nur die Kollegen bei der Kripo und meine Eltern."

Caponnetto war gerade noch rechtzeitig wieder am Herd, um Weißwein in den Topf zu gießen, bevor das Gemüse anbrannte. Während er eine Dose geschälte Tomaten öffnete und in den Topf gab, überlegte er, mit welchem Akzent die Deutsche sprach. Ihr Italienisch war gut, aber sie hatte es nicht in Italien gelernt, und auch nicht in Frankreich. Soviel stand für Caponnetto fest.

Noch immer lief *Radio Onda Ligure,* und so hörte Caponnetto auch den zweiten Wagen, der sich der Auffahrt genähert hatte, nicht.

Erneut ertönte die Hausglocke. Caponnetto schaute aus dem Fenster und sah einen Streifenwagen der *Polizia di Stato.*

›Auch das noch‹, dachte Caponnetto, drückte den Türöffner und merkte erst danach, dass dies sehr voreilig und unvorsichtig gewesen war. Schließlich hatte er gar nicht gesehen, wer in dem Wagen saß. Er ging ins Schlafzimmer, nahm die Beretta aus dem Halfter, entsicherte sie, lief die Treppe hinunter. Die Waffe hielt er in der rechten Hand hinter dem Rücken, während er mit der Linken die Tür einen Spalt öffnete, ohne die Sicherheitskette zu lösen.

„*Buon giorno Capitano*", sagte Francesca Nobile, „haben Sie wohl einen Moment Zeit für mich?"
Caponnetto sicherte die Waffe, steckte sie hinten in seinen Hosenbund unter das T-Shirt und löste die Sicherungskette.

„Aber sicher, *Ispettore* Nobile, wenn es nicht zu lange dauert."
„Nein, wird nicht lange dauern. Ich sehe, Sie haben Besuch? Falls ich ungelegen komme …"
Nobile hatte den Wagen in der Einfahrt bemerkt.

„Nein, ist schon gut, kommen Sie".
Caponnetto deutete mit der Hand nach oben und ging die Treppe voraus.

„Kommen Sie mit in die Küche. Ich habe etwas auf dem Herd und muss schauen, dass es nicht anbrennt."

„Oh, das duftet köstlich", sagte Nobile und meinte es auch so. Der *sugo* roch intensiv und fruchtig.

Die Polizistin öffnete ihre Tasche, zog die Aufnahmen der Überwachungskamera heraus und legte sie auf den Küchentisch. Caponnetto drehte Nobile den Rücken zu, während er die sämige Tomatensauce mit Salz und Pfeffer abschmeckte.

Plötzlich war da ein neuer Duft. Ebenfalls fruchtig, aber auch blumig, mit einer Holznote. Caponnetto drehte sich um. An der Küchentür stand Andrea Wagner im Bademantel. Nobile lächelte, stand auf und sagte „Dolce und Gabbana."

„Äh nein, Rea und Francesca, also ich meine *Ispettore* Nobile", sagte Caponnetto irritiert.

Die beiden Frauen standen sich lächelnd gegenüber. Nobile in Uniform, Wagner im Bademantel.

„Sie hat Recht, Giuseppe", entgegnete Wagner, und trat einen Schritt auf Francesca Nobile zu.

„Dolce & Gabbana".

Schon vor vielen Stunden aufgetragen, war der Duft bei Wagner nicht mehr stark präsent, aber für Nobile doch unverkennbar.

„Light Blue" ergänzte Nobile und ging ihrerseits noch einen Schritt auf Wagner zu.

„*Ciao*, ich bin Rea."

Nobile dachte ›natürlich bist Du das‹. Sie drückte die ihr angebotene Hand sanft, aber doch fest genug, um nicht schwach zu wirken.

„Ach so, ich verstehe. Sie meinen das Eau de Toilette", sagte Caponnetto, noch immer etwas überfordert von der Situation.

„Also, wie kann ich Ihnen helfen, *Ispettore*?"

Nobile löste ihren Blick von der Frau mit den roten Haaren und deutete mit dem linken Zeigefinger auf die Aufnahmen.

„Schauen Sie *Capitano.*"

Wagner hob erneut die rechte Augenbraue.

„Erkennen Sie den Mann auf diesen Bildern?"

Wagner lief zu Caponnetto, um die Aufnahme aus seiner Perspektive sehen zu können.

„Von wann stammen die Aufnahmen?", fragte Caponnetto während er die Bilder mit beiden Händen von sich wegschob.

„Heute Mittag, *Ospedale San Paolo.*"

„Ist das hier in der Nähe?", fragte Wagner.

Nobile und Caponnetto nickten.

„Ich zieh mir mal was an", sagte Wagner in ernstem Ton und lief hinüber ins Gästezimmer. Dabei dachte sie: ›Dann hatte Hering also recht. Mit Speck fängt man Mäuse‹

Plötzlich rief sie: „Und was hat es mit dieser Schaufensterpuppe auf sich? Sie sieht ziemlich ramponiert aus!"

Caponnetto und Nobile lächelten und riefen fast gleichzeitig „Das ist ein Souvenir."

Nobile berichtete Caponnetto alles, was sie über den Diebstahl in der Pathologie herausgefunden hatten. Er schüttelte missmutig den Kopf, als Zeichen, dass er nicht wusste, was er davon halten sollte.

Andrea Wagner trat wieder in die Küche. Sie trug jetzt eine weiße Jeans und ein blaues Leinenhemd. In der Hand hielt sie ein kleines Päckchen.

„Ach, fast hätte ich es vergessen", sagte sie und legte die Dose mit den Heringen auf den Tisch, eingewickelt in die Beilage einer italienischen Zeitung.

„Ein Geschenk von unserem gemeinsamen Freund."

Caponnetto, noch immer in Gedanken dabei, die vielen Fragen zu sortieren, die sich aus Nobiles Bericht für ihn ergeben hatten, sagte, „Danke, schaue ich mir gleich an." Das Paket legte er zur Seite.

„Wissen Sie *Ispettore*, ich frage mich, warum stiehlt jemand eine Leiche, zwanzig Jahre nachdem sie vergraben wurde?"

„Mord verjährt nicht. Der Täter könnte Angst haben, dass er überführt wird", versuchte Nobile zu erklären.

„Ja , genau. Aber eben das macht bei Noce keinen Sinn. Er ist ein mehrfach verurteilter Mörder."

„Du meinst wegen einer Leiche mehr oder weniger, dafür lohnt sich das Risiko nicht", hakte Wagner nach.

„Genau. Warum die Flucht verzögern und riskieren, dass er geschnappt wird."

„*Dottore* Donati und ich", Nobile klammerte Bonfatti bewusst aus der Aufzählung aus, um Caponnetto nicht unnötig zu reizen.

„Wir haben uns gefragt, ob es etwas mit Ihnen zu tun haben könnte *Capitano*. Also ob es einen Zusammenhang zwischen Ihnen, Noce und der Leiche gibt."

Caponnetto schüttelte den Kopf.

„Keine Ahnung, ehrlich."

Wagners Telefon klingelte. Es war Hering.

„Und Wagner, wie sieht es aus?"

„Ich bin hier vor Ort."

„Bei Caponnetto? Hat er die Aufnahmen schon gesehen?"

„Ach, Sie wissen davon?"

„Ja, genau darum rufe ich ja an. Hat er ihn erkannt?"

Caponnetto war sofort klar, mit wem Wagner sprach. Er streckte seine linke Hand nach dem Telefon.

„Gib ihn mir."

„Manfredo, hör mal. Ich gebe zu, der Mann auf den Aufnahmen sieht aus wie Simone Noce, aber der hat ein Allerweltsgesicht. Es ist also kein Beweis, dass er wirklich hier in der Nähe ist. Ich denke, er ist längst untergetaucht und versteckt sich irgendwo am Aspromonte."

›Wo kommt nur dieser Trotz her?‹, fragte sich Wagner und nahm Caponnetto das Telefon wieder ab.

„Denken Sie, Sie kriegen das hin, Wagner?", fragte der Kriminalhauptkommissar merklich ungehalten.

„So sicher wie das Amen in der Kirche."

„Na dann, viel Erfolg." Hering legte auf.

Caponnetto schaute hinüber zu Nobile.

„Wollen Sie zum Essen bleiben?"

„Danke für die Einladung, aber ich weiß nicht. Sicher haben Sie und Rea …"

„Ach was, nimm Platz", Wagner zog einen Stuhl vom Tisch weg.

„Ey Caponnetto, wie lange dauert das denn noch mit den Nudeln?"

Dabei zwinkerte sie Nobile zu und stellte drei Gläser auf den Tisch.

„Acht Minuten", antwortete Caponnetto knapp. Der militärische Ton in Wagners Stimme war ihm ebenso wenig aufgefallen wie die Ironie. Er hatte zu viel anderes im Kopf, was ihn beschäftigte.

Genau neun Minuten später saßen alle drei vor dampfenden Tellern und mischten Ricotta und Pecorino unter den *sugo* der die Fusilli bedeckte.

„Da Sie mich eingeladen haben zu bleiben, nehme ich an ...", sie blickte unsicher in Richtung Andrea Wagner.

„Ja schon gut *Ispettore*, lassen Sie Ihrer Phantasie freien Lauf. Vor Rea müssen wir keine Geheimnisse haben."

„Also nur Mal angenommen, wenn es doch Noce ist, der Mann auf den Aufnahmen, stellen sich mehrere Fragen", führte Nobile ihre Gedanken aus.

„Erstens: warum stiehlt er eine zwanzig Jahre alte Leiche? Zweitens, was hat er damit vor?"

„Und drittens, warum stiehlt er die Leiche gerade jetzt?", ergänzte Wagner.

„Warum heute und nicht schon vor vier Wochen, vier Monaten oder vor vier Jahren."

„Und was hat das alles mit mir zu tun?", knurrte Caponnetto leise, griff zur Gabel und spießte vier Nudeln auf. Als er die Gabel zum Mund führte, fiel sein Blick auf das verpackte Geschenk, das jetzt in der Mitte zwischen den drei Tellern lag.

„Hol mich der Teufel."

Er legte die Gabel hastig ab, um nach dem kleinen Paket zu greifen, sodass er dabei sein Wasserglas umstieß. Doch Nobile, die zu seiner Rechten saß, reagierte blitzschnell, erfasste das Glas und stellte es vor Caponnetto auf den Tisch. Nur wenig Wasser war übergeschwappt. Wagner lächelte und nickte anerkennend.

„Woher haben Sie die?", fragte Caponnetto, während er die Zeitungsseite auf dem Tisch ausbreitete und mit den Händen glatt strich.

„Also das eigentliche Geschenk ist die Dose. Die Zeitung war nur die Verpackung."

„Ja schon klar, aber woher haben Sie die. Sie sind doch aus Deutschland gekommen?"

„Die Dose Heringe hat mir Manfred Hering gegeben, und die Zeitung auch. Sollte wohl ein Scherz sein …"

„Mir kam eben ein Gedanke …" Caponnetto zögerte. Nobile ermutigte ihn weiterzusprechen, indem sie zweimal mit dem Kopf nickte.

„Eine mögliche Antwort auf Frage Nummer drei könnte sein, dass er die Leiche gerade jetzt stehlen musste, weil sie jetzt ausgegraben wurde."

„Du meinst, das ist der Grund für seinen Ausbruch, er wollte die Leiche beseitigen?"
Wagner pfiff durch die Zähne.

„Und erfahren hat er von der Ausgrabung zufällig durch die Zeitung?", versuchte Nobile die Überlegungen zusammenzufassen.

„Rea, können Sie bitte Hering anrufen und fragen, ob er Noce eine italienische Zeitung gebracht hat und wenn ja, ob er sich erinnern kann, von welchem Tag und welche Zeitung es gewesen ist."
Wagner griff sofort nach ihrem Telefon.

„Und Sie", sagte Caponnetto an Nobile gerichtet, „Können Sie bitte in die Osteria fahren. Conchetta bewahrt über Wochen alle alten Zeitungen auf. Der

Himmel weiß warum, aber sie ist besser sortiert als das Stadtarchiv. Sobald wir Antwort aus München haben, rufe ich Sie an, und Sie suchen die Ausgabe aus dem Stapel. Vielleicht haben wir Glück!"

Nobile schaute hinüber zu Andrea Wagner. Inzwischen war ihr klar geworden, dass es sich bei der Frau mit den roten Haaren um den Gast aus München handeln musste, auch wenn die Kollegen einen Mann erwartet hatten.

„Ich denke, wir sehen uns dann morgen, Rea?", sagte sie zu Wagner gewandt.

„Auf alle Fälle. Ich freue mich."
Nobile ließ ihre Pasta stehen und lief mit schnellen Schritten runter zum Wagen.

Wagner hatte zunächst kein Glück. Die Leitung von Hering war besetzt. Als Hering wenige Minuten später zurückrief, berichtete sie ihm von Caponnettos Theorie und wartete gespannt auf seine Reaktion. Dann nickte sie Caponnetto zu, zum Zeichen, dass Hering bestätigt hatte.

„Er hat Noce die Lokalausgabe von diesem Tag gebracht", sagte sie und deutete auf den Tisch.

„Die Zeitung hatte ihm ein Freund von Ihnen geschickt; da war wohl ein Bericht über Sie drin."
Caponnetto verdrehte die Augen und wählte Nobiles Nummer. Er gab ihr die notwendigen Informationen. Pause. Stille.

„Caponnetto, hören Sie?"
Er stellte das Telefon auf Lautsprecher.

„Ich habe die Ausgabe hier im Stapel gefunden."
„Suchen Sie im Lokalteil."

„Ja, da ist es: Auf Seite 23 steht ein Bericht über die Ausgrabungen. Sie hatten Recht!"

„Danke Nobile. Sagen Sie, ist Giulia gerade in der Nähe?"

„Leider nein, nur Conchetta war hier und hat mir geholfen, den Stapel durchzusehen. Soll sie *Signora* Lenti etwas von Ihnen ausrichten?"

„Nein, schon gut. Danken Sie Conchetta für ihre Hilfe und grüßen Sie sie bitte von mir. Sie hat uns sehr geholfen."

X

Wagners Augen leuchteten. Je komplizierter der Fall, umso mehr kam sie in den Flow. In ihrem Kopf schob sie die Puzzleteile hin und her, versuchte, die Informationen der letzten Stunde in eine stimmige Ordnung zu bringen.

„Möchtest Du einen *Caffè*?", Caponnetto hielt Wagner eine Moka unter die Nase.

„Aus der guten alten Bialetti", sagte Wagner lachend, „wer könnte dazu schon Nein sagen".

„Na, na, na. Sag bloß nichts gegen meine Bialetti. Die ist Kult!"

Bis zur Premiere von Bialettis Moka 1933 wurde in Italien Espresso nur in Kaffeehäusern getrunken, wo im traditionellen Verfahren Wasserdampf von oben durch das Kaffeesieb gepresst wurde. Der aus dem Piemont stammende Maschinenfabrikant Alfonso Bialetti drehte das Prinzip um: bei seiner achteckigen Kanne stieg das Wasser von unten durch ein Sieb mit Kaffeepulver nach oben. Dieses neue Verfahren und die einfache Kanne aus Aluminium führten dazu, dass bald in fast jedem italienischen Haushalt *Caffè* zubereitet werden konnte.

Caponnetto hatte die Bialetti auseinandergeschraubt und den Kessel mit Wasser befüllt. Jetzt löffelte er Kaffeepulver in den Trichtereinsatz.

„Ich habe mal gelesen, dass eine Moka weder Mokka noch Espresso macht. Stimmt das?", fragte Wagner und erhob sich von ihrem Stuhl. Sie blickte aus dem Fenster und sah, wie ein schwarzer SUV etwa dreihundert Meter vom Haus entfernt zum Stehen kam und die Lichter ausschaltete.

„Ja, das stimmt", erklärte Caponnetto.

„Bialetti hat seine Erfindung Moka, benannt nach einem der ältesten Umschlagplätze für Kaffee, der Stadt Mokka, Al Mukah, im Jemen."

Er schraubte die Kanne wieder zu.

„Die Flüssigkeit aus der Moka hat allerdings nichts mit einem traditionellen Mokka zu tun. Espresso und Mokka unterscheiden sich im Verfahren und im Kaffee. Mokkabohnen werden intensiver geröstet und feiner gemahlen."

Caponnetto stellte die Moka auf den Gasherd. Wagner nahm ihm das Stabfeuerzeug aus der Hand.

„Darf ich? Das habe ich ewig nicht gemacht! Bitte!" Sie schaute Caponnetto an wie ein kleines Kind, das sich an der Quengelzone des Supermarktes ein Schokoladenei erbettelt, und lachte dann laut.

Mit kindlicher Freude drückte sie den Drehknopf am Gasherd. Sofort war das typische „Tick, Tick, Tick" zu hören. Als sie den Knopf nach links drehte, strömte das Gas aus, und beim ersten Versuch entzündete sie die Flamme mit dem Stabfeuerzeug. Andrea Wagner lächelte zufrieden. Caponnetto nickte anerkennend und setzte seinen Vortrag fort.

„Die Espressokocher von Bialetti erzeugen nur zwischen 1,5 und 2 bar Druck, was technisch gesehen nicht ausreicht, um echten Espresso zuzubereiten. Für einen richtigen Espresso braucht es einen deutlich höheren Druck, um die Öle und Aromen aus dem Pulver zu extrahieren. Je nach Sorte und Maschine liegt der Richtwert für eine perfekte Espressoextraktion zwischen 9 und 11 bar."

„Also mehr Druck, mehr Geschmack?", fragte Wagner.

„Und eine schöne Crema", fügte Caponnetto hinzu und stellte zwei kleine Tassen bereit.

Draußen zog ein Sturm auf. Die Schwüle des Nachmittags würde sich bald in einen starken Regenguss entladen.

Die Fahnderin blickte aus dem Fenster und sagte unvermittelt: „Also, wie kommen wir an Noce ran? Glaubst Du, er wird zu Dir kommen?"
Caponnetto schüttelte den Kopf.

„Ehrlich gesagt, ich glaube nicht, dass ich für Noce so wichtig bin, wie alle denken. Wenn unsere Vermutung mit der Zeitung stimmt, ist er wegen der Leiche ausgebrochen. Und wegen der Leiche ist er hier in Ligurien."

„Dann bleibt uns nicht viel Zeit, bis er sich absetzt."

„Ja, vielleicht noch ein oder zwei Tage, bis er neue Ausweispapiere hat."
Caponnetto blickte runter auf die Straße, wo noch immer der schwarze SUV stand.

›Und es wird nicht helfen, mein Haus oder mich zu observieren, wenn wir Noce finden wollen‹, dachte er.

„Also, wie kommen wir an Noce ran?", wiederholte Andrea Wagner die Frage, die sie zugleich an Caponnetto und sich selbst richtete.

Das Brodeln der Moka wurde von einem tiefen, langanhaltenden Gewittergrollen übertönt, das in ein lautes, plötzliches Krachen mündete. Caponnetto goss den *Caffè* in die Tassen und stellte die Bialetti auf dem Gasherd ab. Sein Blick verweilte auf der Kanne.

„Vielleicht müssen wir es machen wie der gute alte Alfonso."

„Was bedeutet das?"

„Bialetti hat das Kaffeetrinken revolutioniert, indem er das Prinzip umgekehrt hat: Anstatt den Druck von oben nach unten zu leiten, ließ er den Druck von unten kommen."

Caponnetto unterstrich seine Erklärung, indem er mit seinem rechten Zeigefinger erst von oben nach unten die Moka entlangfuhr und dann umkehrte, wobei die Fingerkuppe nach oben zeigte.

„Und was bedeutet das in unserem Fall, das Prinzip umzukehren?", fragte Wagner.

„Normalerweise haben wir als Ermittler eine Leiche und suchen den Täter. Dieses Mal glauben wir, den Täter zu kennen, aber wir haben keine Leiche."

„Weil sie verschwunden ist."

„Weil er sie verschwinden lassen hat."

„Also müssen wir den Täter anlocken – und wie könnten wir das machen?", fragte Caponnetto und gab die Antwort gleich selbst, „indem wir für eine weitere Leiche sorgen."

„Aber wir können ja niemanden umbringen."
Wagner lachte.

„Das müssen wir auch nicht, Rea. Wir brauchen nicht einmal eine Leiche. Es genügt, wenn Noce glaubt, dass es eine weitere Leiche gibt."
Wagner verstand nun, worauf Caponnetto abzielte.

„Er wird dann zweifeln, ob die Leiche, die er verschwinden ließ, wirklich »seine« ist."

„Und, um auf Nummer sicher zu gehen, auch die andere Leiche beseitigen wollen, bevor sie identifiziert werden kann."

„Ja genau, wenn ihm die Leiche – aus welchem Grund auch immer –so viel bedeutet, wie wir glauben, wird er reagieren müssen."

Während sie ihren *Caffè* tranken, spielten Wagner und Caponnetto verschiedene Szenarien durch, wie sie Noce aus seinem Versteck locken könnten. Die Fahnderin schlug vor, in den Medien zu verbreiten, die Polizei habe die Leiche noch rechtzeitig identifizieren können, bevor sie gestohlen wurde. Diese Variante verwarfen sie jedoch schnell, da ein Bluff ohne Angaben zur Identität des Opfers zu durchschaubar wäre.

Schließlich kamen sie auf die Idee, einen zweiten Leichenfund an der Ausgrabungsstätte in Albisola zu melden. Auch dieses Szenario schien bei genauerer Betrachtung unglaubwürdig. Zudem kursierten seit heute Mittag viele Bilder und Videos in den sozialen Medien, die die Absperrungen und das weiße Zelt zeigten, unter dem die Leiche geborgen wurde. Das Risiko, dass Noce den genauen Fundort wiedererkennen und der Bluff auffliegen würde, war zu groß.

„Wir müssen ihn glauben lassen, er hätte die Leiche im Krankenhaus verwechselt", schlussfolgerte Caponnetto.

„Du meinst, er sollte denken, dass er die Falsche mitgenommen hat und »seine« noch immer in der Pathologie liegt?"

„Ja genau. Am besten erwähnen wir Albisola gegenüber den Medien gar nicht."

„Und wo kriegen wir eine skelettierte Leiche her? Es müsste ja ein Skelett sein, damit die Idee mit der Verwechslung funktioniert."

„Wir brauchen kein echtes Skelett, Noce muss nur glauben, dass es eines gibt. Die Pathologie in Savona ist für die ganze Provinz zuständig. Wir könnten behaupten, in einem der Dörfer im Hinterland habe eine Exhumierung stattgefunden."

„Und dieses Skelett sei nach Savona gebracht worden", ergänzte Wagner.

„Genau. Dann müsste sich Noce entscheiden, ob er das Risiko eingehen will, dass er das falsche Skelett mitgenommen hat – und die Identität der Leiche, die ihm so viel bedeutet, doch noch bekannt wird."

„Und wenn er in der Pathologie auftaucht, schnappt die Falle zu." Wagner schlug mit der flachen Hand auf die Tischplatte.

„So einfach ist es nicht", bremste Caponnetto ihre Euphorie.

„Noce ist ein Fuchs. Er wird die Falle wittern und nicht blind hineinlaufen. Da müssen wir schon mehr aufbieten."

„Was meinst Du?", fragte Wagner und sah ihn aufmerksam an.

Caponnetto zeigte ihr den Bildschirm seines *cellulare*. Wagner hob ihre Tasse und leerte sie in einem Zug.

„Das war ein wirklich tödlicher *Caffè*", sagte sie lachend und schaute auf die Uhr. Es war 21 Uhr 37.

Caponnetto nahm ebenfalls einen Schluck aus seiner Tasse und rief die Nummer des *Commissario* auf.

Cristina Donati schüttelte ungläubig den Kopf.

„Eine Pressekonferenz morgen früh. Ich weiß nicht, wie ich das meinem Chef schmackhaft machen soll."

„Das wird kein Problem sein", erwiderte Bonfatti.

„Caponnetto wird die Meldung gleich an das Lokalradio durchstechen. Dort wird sie ab 22 Uhr in den Nachrichten laufen. Die Zeitungsredaktionen werden also spätestens morgen früh beim Direktor des Krankenhauses anrufen. Da ist es besser für ihn, proaktiv zu handeln und noch heute Abend eine Pressekonferenz für morgen Früh anzusetzen."

„Das habt ihr Euch ja fein ausgedacht. Ich bin nur nicht sicher, ob wir den Direktor tatsächlich einweihen sollten; nicht dass er sich noch verplappert."

„Du kennst ihn, Du entscheidest; Hauptsache, die Nachricht kommt bei Noce an."

„Okay, dann warte ich die Nachrichten um 22 Uhr ab und rufe danach den Direktor an. Ich hoffe nur, er ist dann noch wach – und was machst Du inzwischen?"

„Ich informiere *Ispettore* Nobile, sie muss die Nachtschicht übernehmen – für alle Fälle."

*

Am Klingelton erkannte Francesca Nobile, dass der Anruf von ihrem Chef kam. Sie war gerade aus der Dusche gekommen und frottierte sich ihre Haare. Sie fand es komisch, ganz unbekleidet mit dem *Commissario* zu telefonieren, auch wenn er sie natürlich nicht sehen konnte.

„Buona sera Commissario, wie kann ich Ihnen helfen?"

„Entschuldigen Sie die Störung Nobile, aber es ist wichtig. Ich brauche Sie!"

„Ich höre …"

„Caponnetto hat seine Schmollecke verlassen und ist wieder dabei. Und er hat einen Plan!"

„Sie meinen einen Plan, wie wir Noce finden?"

„Genau, am besten, Sie rufen ihn gleich an und lassen sich alles erklären. Ich gebe inzwischen in der *Questura* Bescheid, damit ein Kollege kommt, um Sie abzuholen."

*

So wie sich bei einem Gewitter die elektrischen Ladungen, die sich zwischen den Wolken und der Erde angesammelt haben, entluden, lösten sich an diesem Abend auch einige aufgestaute Emotionen.

Giulia Lenti spürte, dass sie Caponnetto vermisste, und bedauerte, dass sie am Nachmittag so harsch reagiert hatte. Sie erinnerte sich an das Gespräch mit Caponnetto am Morgen und daran, wie verletzlich er gewirkt hatte. Sie überlegte, ob sie ihm eine Textnachricht senden oder ihn lieber anrufen sollte, entschied sich dann jedoch, keines von beidem zu tun. Stattdessen wollte sie ihn am nächsten Morgen mit einem Frühstück überraschen. Gleich in der Früh, bevor sie nach Savona auf den Markt fuhr, würde sie bei ihm in Pietra Ligure vorbeischauen.

*

U Muto war erst beim dritten Anlauf erfolgreich und entsprechend wütend, als sein Anruf endlich angenommen wurde.

„Was ist denn bei Euch los! Habt ihr vergessen, dass es bald Zeit fürs Abendessen ist?"

„Nein, nein, es gab nur ein paar Schwierigkeiten mit dem Rezept. Wir hatten nicht alle Zutaten im Haus und mussten noch einkaufen gehen."

Zweimal hatte Simone Noce bereits bei seinen Leuten angerufen, um in Erfahrung zu bringen, wann sie zu ihm stoßen würden. Offenbar, so verstand er jetzt, gab es Probleme mit seinen neuen Ausweispapieren.

„Und habt ihr schon angefangen zu kochen?"

„Ja, gerade eben. Das Essen sollte in etwa fünfzehn Minuten fertig sein. Ist das zu spät?"

„Und wenn, ich habe ja keine Wahl! Hauptsache, ihr denkt an die Chili-Schote."

„Chili haben wir dabei."

Noce notierte sich die Uhrzeit. Seine Leute würden in circa fünfzehn Stunden hier sein, also morgen gegen Mittag. Da war nichts zu machen; so lange dauerte es eben mit dem Auto von Reggio Calabria nach Ligurien. Fliegen war keine Option: Nach seinem Ausbruch wurden die Flughäfen sicher engmaschig überwacht. Morgen würde er dann auch endlich wieder eine Waffe haben.

*

Andrea Wagners Interesse war geweckt. Dieser Caponnetto hatte sie tatsächlich positiv überrascht, und sie verstand nun, warum Hering sie unbedingt mit ihm zusammenbringen wollte. Gleichzeitig spürte sie die Anstrengung des Tages, die Anreise und den Wetterwechsel. Sie spürte ihre Narbe. Durch die hohe Luftfeuchtigkeit fühlte sich das Narbengewebe geschwollen an. Wagner rieb sich mit der Hand über den Brustmuskelansatz unterhalb des Schlüsselbeins.

„Ich denke, ich sollte jetzt ins Hotel fahren. Morgen müssen wir früh los und es wird vielleicht ein langer Tag."

„In welchem Hotel bist Du denn?"
Wagner schaute auf ihr Telefon.

„Irgendwo in Finale; das Hotel haben die Kollegen vom Landeskriminalamt für mich gebucht. Moment …" Sie tippte auf dem Bildschirm herum.

„Ah hier: Hotel Casa Magnolie, wie malerisch!", sagte Wagner.

„Und wo soll das sein?"
„Na hier in Finale."

„In Finale? Hier gibt es kein Hotel mit diesem Namen! Darf ich mal sehen?"
Caponnetto streckte die Hand nach dem Smartphone aus. Dann lachte er.

„Was ist, stimmt etwas nicht?"
„Na ja. Es gibt die Stadt, die wir Finale nennen, etwa zehn Kilometer entfernt von hier. Sie heißt eigentlich Finale Ligure, aber die meisten sagen nur

»Finale«. Dein Hotel hingegen ist in Finale Emilia, in einem Ort in der Nähe von Modena und damit mehr als drei Autostunden entfernt."

Wagner biss sich auf die Lippen.

„So ein Mist! Wenn man sich nicht um alles selbst kümmert ..."

„Du kannst gerne hier im Gästezimmer bleiben, Rea. Das ist wirklich kein Problem. Du kannst mir ja dann die erste Rezension auf Trip Advisor schreiben."

„Sehr witzig." Wagner lächelte gequält.

Caponnetto grinste. Sein *cellulare* brummte. Er nahm ab und erklärte *Ispettore* Nobile den Plan.

Nobile hörte aufmerksam zu und fasste dann zusammen: „Also, Sie wollen – wie haben Sie es genannt – das Prinzip der Umkehr anwenden. Statt den Mörder zu suchen, arrangieren Sie eine zweite Leiche."

„Erstmal suchen wir nur die Person, die die Leiche hat verschwinden lassen. Ob diese Person auch der Mörder ist, wissen wir noch nicht."

„Also gut, Sie wenden das Prinzip der Umkehr an, um den Täter zu fassen, indem sie eine zweite Leiche aufbieten und damit den Täter verunsichern …"

„Verunsichern darüber, ob die Leiche, die er gestohlen hat, auch die richtige ist – genau das ist die Idee *Ispettore*!", ergänzte Caponnetto.

„Und darauf sind Sie bei einer Tasse Espresso gekommen?", fragte Nobile erstaunt.

„Eben nicht beim Espresso! Ich hatte meine Bialetti aufgesetzt, weil Rea und ich einen *Caffè* trinken wollten. Dabei habe ich ihr den Unterschied erklärt, also dass bei der Espressomaschine, die sie aus den Bars kennt, der Druck immer von oben kommt."

„Und das war Ihre Analogie zur klassischen Ermittlungsarbeit: Spuren sammeln und versuchen, den Täter zu finden", fragte Nobile nach.

„Ja, so ungefähr."

Nobile kicherte.

„Also dann sind wir Polizisten die Pumpe, die jede Espressomaschine braucht, um den Druck, mit dem das Wasser aus der Leitung kommt, zu erhöhen, weil nur beim richtigen Druck die Aromen am besten extrahiert werden, während das Wasser durch das gemahlene Kaffeepulver dringt."

„Ich sehe, Sie kennen sich aus, *Ispettore.*"

„Mein Großvater hat bei La Marzocco gearbeitet und als Techniker die Strada mitentwickelt. Als 2015 die Linea Mini herauskam, hatte er schon vor der offiziellen Markteinführung ein Exemplar in der Küche. Seit diesem Tag zelebrierte er bei jedem Familienfest wortreich, wie ein guter Espresso zubereitet wird."

Caponnetto pfiff anerkennend durch die Zähne, „eine La Marzocco!", und führte weiter aus: „Meine Intuition sagt mir, dass wir im Fall Noce mit dem klassischen Weg nicht weiterkommen."

„Und daher stellen Sie dem traditionellen Vorgehen das Prinzip der Bialetti gegenüber, bei der das Wasser aus dem Kessel von unten durch den trichterförmigen Filter gedrückt wird, bis der *Caffè* im oberen Behälter in die Kanne sprudelt", fasste Nobile zusammen.

„Richtig, statt den Täter zu suchen, locken wir ihn an."

„Wir kehren das Prinzip um und arbeiten mit weniger Druck!", fasste Nobile zusammen, „tatsächlich genau wie die *caffettiera* von Bialetti."

„Noce ist zu schlau, zu vorsichtig. Auf der Flucht werden wir ihn kaum erwischen, aber wenn wir ihn aus seinem Versteck locken können, wenn er sich auf uns zu bewegen muss, dann haben wir eine Chance", schloss Caponnetto seine Ausführungen.

„Das ist ein raffinierter Plan, *Capitano!* Sagen Sie, wird …", Nobile zögerte, „wird Rea auch mitkommen?"

„Ja sicher, wir kommen beide. Wir gehen jetzt gleich ins Bett, damit wir morgen ausgeruht sind. Danke, *Ispettore,* und gute Nacht!"

Als Caponnetto das Gespräch beendet hatte, schaute Nobile überrascht auf ihr Telefon und sagte leise: *„Buona notte".*

*

Um 22 Uhr machte *Radio Onda Ligure* mit einer Sondermeldung auf. In Savona habe es möglicherweise einen schweren Fall von Störung der Totenruhe gegeben. Im Krankenhaus San Paolo sei aus der Gerichtsmedizin eine Leiche verschwunden, die am Vortrag auf dem Friedhof der Gemeinde San Giovanni exhumiert und zur Untersuchung in die Pathologie nach Savona überstellt worden war.

XII

Wieder quietschten die Reifen, wieder kreischte das Metall der Leitplanken. Caponnetto schaltete die Nachttischlampe ein. Sein Shirt war nassgeschwitzt, seine Hände zitterten. Er setzte sich auf die Bettkante, zog das Shirt aus und ging in die Küche, um ein Glas Wasser zu trinken.

„Buon giorno Giuseppe"*, begrüßte ihn Andrea Wagner vom Küchentisch aus. Sie trug ein schwarzes Oberteil mit V-Ausschnitt und schmalen Trägern. Noch immer verwirrt von seinem Traum brummte Caponnetto nur knapp *„Buon giorno"*, nahm ein Wasserglas aus dem Schrank, füllte es am Hahn und leerte es in zwei schnellen Zügen. Erst dann wurde ihm vollends bewusst, dass er nicht alleine war und nur eine Boxershorts trug.

„Alles ok?", fragte Wagner.

„Ja, ja", Caponnetto sah Wagner an, „eigentlich Nein. Nichts ist okay!"

„Alpträume?"

„Ja."

„Und Du, warum bist Du schon wach?"

Wagner fasste sich an die Schulter.

„Das Wetter tut mir nicht gut."

Caponnetto war mit seinem Blick ihrer Hand gefolgt und bemerkte die Narbe zwischen Schultergelenk und Schlüsselbein.

„Einsatz?", fragte er, obwohl er ziemlich sicher war, die Antwort bereits zu kennen. Die Narbe war eindeutig von einer Schussverletzung.

Wagner stand auf, nahm Caponnettos linke Hand und legte sie auf ihr linkes Schlüsselbein. Unter seinem Handballen spürte er den Spitzenbesatz und ein wenig von der glatten, weichen Seide.

„Wir haben alle unsere Narben. Manche sieht man, andere nicht. Diese hier …", Wagner führte seinen Zeigefinger nach unten, „ist meine Narbe. Sie stammt von einem Schusswechsel bei einem missglückten Zugriff. Sie hatten uns gesagt, die Zielperson sei alleine."

„War sie aber nicht?!"

„Nein, war sie nicht. Und mein Kollege hatte leider nicht so viel Glück wie ich."

Ihre Hand löste sich von seinem Finger und wanderte nach oben auf die Höhe seiner Schläfe. Dort formte sie aus Zeigefinger und Daumen eine Pistole und tippte damit gegen Caponnettos Kopf.

„Also *Capitano*", sie übernahm bewusst die Anrede, die Nobile gewählt hatte, „jetzt, da Du meine Narbe kennst, darfst Du mir Deine zeigen, wenn Du möchtest."

Caponnetto löste seine Hand von ihrer Schulter und griff nach der Hand, die eben noch an seiner Schläfe war.

„Es tut mir leid. Das muss schwer für Dich gewesen sein. Ich weiß nicht, ob ich das geschafft hätte, nach dem Tod eines Kollegen wieder in den Einsatz zu gehen."

„Was soll ich machen? Einmal Polizist, immer Polizist, oder?"

„*Chi nasce tondo, non può morire quadrato …*", sagte Caponnetto leise.

„Was hast Du gesagt?", fragte Wagner.

„Ach, nichts, nur an ein Sprichwort: Wer rund geboren ist, kann nicht eckig sterben."

Sie machte einen Schritt zur Seite, nahm Caponnettos Glas, hielt es unter den Hahn und füllte es bis zum Rand.

„Magst Du darüber reden?", fragte sie ohne Caponnetto dabei anzusehen.

*

Es dauerte nicht lange, bis die Meldung aus dem Radio ihren Weg in die Newsfeeds der sozialen Medien fand. So geriet sie schnell auf den Radar der Redaktionen. Die italienische Nachrichtenagentur ANSA reagierte als Erste. Um die Meldung durch eine offizielle Quelle bestätigen zu lassen, rief der Redakteur vom Dienst um 22:29 Uhr bei der Polizei in Savona an. Gemäß Bonfattis Anweisungen wurde bestätigt, dass es eine Ermittlung wegen Störung der Totenruhe gab, die im Zusammenhang mit einer Exhumierung in San Giovanni stand.

Um 22:48 Uhr verbreitete ANSA die Nachricht an die angeschlossenen Redaktionen von Rundfunk, Fernsehen und Zeitungen.

*

Caponnetto stand unter der Dusche. Das Gespräch mit Wagner, ihre Narbe, ihre Geschichte erinnerten ihn daran, wie er vor Jahren seine Tante Antonella in Pietra Ligure besucht hatte. Kurz zuvor war er bei einem Einsatz verletzt worden und hatte deswegen den linken Arm in einer Schlinge.

„Peppino, schau Dich an. Es wird noch ein schlimmes Ende nehmen mit Dir. Wofür machst Du das alles?", hatte die Tante ihn gefragt und ihm die Wange getätschelt.

„Wofür? Vielleicht, um die Welt etwas normaler zu machen, etwas sicherer und zivilisierter", hatte er geantwortet.

Rückblickend war er mit den Resultaten seiner Dienstzeit zufrieden, auch wenn er sich gewünscht hätte, dass es noch einige Jahre weitergegangen wäre und er zumindest den letzten Fall hätte abschließen können. Caponnetto spürte ein flaues Gefühl in seinem Bauch. War da nicht immer noch ein letzter Fall, immer noch eine nicht abgeschlossene Fahndung?

Als er mit dem Handtuch um die Hüfte aus dem Badezimmer trat, wartete Wagner im Flur auf ihn.

„Du bist meiner Frage ausgewichen, *Capitano*."

„Welcher Frage?"

„Na, ob Du über Deine Albträume reden möchtest?"

Caponnetto zögerte.

„Es ist eigentlich immer der gleiche Traum, seit Monaten."

„Seit dem Unfall? Du träumst vom Unfall?"

„Ja, quasi immer die gleiche Sequenz: Der Lastwagen kommt mir entgegen. Ich kann nur in die Leitplanke ausweichen, die Reifen quietschen, Metall kreischt – ein furchtbar schrilles Geräusch! Dann wache ich auf."

„Aber zuletzt war etwas anders als sonst, oder?"
Caponnetto war überrascht.

‹Woher konnte sie das Wissen?›
Er nickte stumm.

„Du fragst Dich jetzt, woher ich das weiß? Du sagtest ‹eigentlich› und ‹quasi›. Ein Mann wie Du verwendet solche Worte nicht einfach als Füllsel. Daraus schließe ich, dass im Traum zuletzt etwas anders war – aber Du selbst kannst noch nicht genau sagen, was es ist.

„Hering wusste genau, warum er Dich geschickt hat."

Wagner lächelte und drückte sanft auf Caponnettos Schultern, um ihn dazu zu bewegen, sich zu setzen.

„Soll ich mir nicht erst etwas…"

„Setz Dich einfach hin und schließ die Augen."
Caponnetto ließ sich auf einem Küchenstuhl nieder. Wagner trat näher an ihn heran, stellte sich zwischen seine Knie und legte ihre warmen Handflächen sanft über seine Augen. Er atmete langsam ein und aus.

„Einfach weiteratmen", sagte sie leise. „Die Szene wird kommen – oder auch nicht. Denke nicht daran, wünsche es Dir nicht einmal. Warte einfach ab und lass geschehen, was geschehen will. Wichtig ist: Du weißt, dass Du nicht allein bist."
Ihre Fingerspitzen berührten sanft seine Ohrmuscheln, und sie spürte das leichte Zucken seines Kopfes.

„Hast Du es?", fragte sie.
Caponnetto nickte. Wagner ließ ihre Hände langsam über seine Wangen streichen, bevor sie sanft auf seinen Schultern ruhten.

„Und?"

„Er hat gegrinst", sagte Caponnetto, noch etwas ungläubig.

„Und was bedeutet das für Dich?"

„Er hat gegrinst, als er auf mich zugefahren ist. Es war also Absicht. Der Fahrer hatte die Kontrolle über den Wagen nicht verloren. Das habe ich mir all die Monate nur eingeredet. Tatsächlich wollte er mich von der Straße drängen."

Caponnetto dachte an die Fahrt nach Finale Ligure, die Generale Marini mit ihm unternommen hatte, und daran, wie sie schweigend zurück nach Pietra gefahren waren. Es kam ihm vor, als wären seitdem nicht Tage, sondern Wochen vergangen. So vieles hatte sich verändert.

Als er die Augen erneut schloss, sah er das Gesicht des Fahrers wieder vor sich. Jetzt, da er sicher war, dass der Mann gegrinst hatte, achtete Caponnetto nicht mehr auf den Mund. Stattdessen konzentrierte sich auf die obere Gesichtshälfte – die Nase, die Augen, die Stirn. Er kannte dieses Gesicht. Und plötzlich fiel ihm auch ein Name dazu ein.

*

Noce verfluchte sich dafür, die Leiche des alten Mannes im Schlafzimmer abgelegt zu haben. Auch wenn die Verwesung oft erst nach 24 Stunden einsetzt, können unmittelbar nach dem Tod, durch das Entleeren des Darms, erste unangenehme Gerüche entstehen.

„Du Sau".

Noce kickte den toten Körper mit der Fußspitze in die Rippen.

„Deinetwegen muss ich jetzt auf dem Sofa schlafen."

Er nahm Decke und Kopfkissen vom Bett und ging missmutig ins Wohnzimmer.

Nach wenigen Stunden unruhigen Schlafs nahm *U Muto* gegen 6:45 Uhr eine kalte Dusche. Für den Start in den Tag wollte er sich aus dem, was der Kühlschrank hergab, eine kräftige *frittata* zubereiten.

Für ein perfektes italienisches Omelett müssen zunächst die Eier sorgfältig verquirlt werden, damit die Masse gleichmäßig und luftig wird. Ein kleiner Schuss Milch oder Sahne kann dazu beitragen, dass die *frittata* am Ende besonders zart wird, aber zu viel Flüssigkeit kann die Frittata schwer und dicht machen, anstatt ihr die gewünschte Leichtigkeit zu verleihen. Während des Verquirlens kann man bereits mit etwas Salz, frisch gemahlenem Pfeffer und, je nach Geschmack, gehackten Kräutern wie Petersilie, Schnittlauch oder Basilikum würzen. Das gleichmäßige Würzen sorgt dafür, dass sich die Aromen harmonisch verteilen.

Noces *frittata* bestand aus drei Eiern, einer halben, nicht mehr ganz frischen Paprika, Zwiebeln, zwei kleinen Tomaten und einem Rest Pecorino, den er klein rieb. Milch oder Sahne war nicht im Haus.

Während er darauf wartete, dass die Pfanne heiß wurde, schaltete Noce das Küchenradio ein – gerade rechtzeitig zu den Nachrichten um sieben Uhr. Was er hörte, konnte er nicht glauben.

*

Heute war ein guter Tag für die Fischer, die am Strand von Pietra ihre Angeln auswarfen. Ein sanfter, nicht zu starker Wind wehte von den Bergen über die Küste in Richtung Meer. Der Himmel war bedeckt; vermutlich würde es später etwas Regen geben.

„Ich frage mich, was er mit der Leiche gemacht hat."

Wagner stand neben Caponnetto vor ihrem Auto.

„Ist das wirklich wichtig, oder lenkt uns das nur ab?"

„Also ich finde, es macht schon einen Unterschied, ob er die Knochen einfach in die nächste Mülltonne geworfen oder an anderer Stelle", Wagner klimperte mit ihren Händen Anführungszeichen in die Luft, „zur letzten Ruhe gebettet hat."

„Das führt wiederum zur eigentlichen Frage: Warum ist Noce die Leiche so wichtig?"

„Na ja, vielleicht ist es jemand, der ihm viel bedeutet hat."

„Oder er wollte verhindern, dass wir den Toten identifizieren?"

„Ja, aber was an der Leiche wäre so gefährlich für ihn? Er ist mehrfach verurteilt. Selbst wenn wir ihm durch die Leiche nachweisen könnten, dass er einen weiteren Mord begangen hat: Warum dieses Risiko? Warum eine schlecht geplante Flucht aus einem deutschen Gefängnis, um dann alleine nach Italien zu reisen? Warum sich dem Risiko der Entdeckung aussetzen, um dann eine Leiche zu stehlen, die nur eines von vielen Opfern ist, die er auf dem Gewissen hat."

Caponnetto setzte sich in seinen Wagen und fuhr die Scheibe herunter.

„Ich denke, das werden wir erst wissen, wenn wir Noce erwischen."

Er klopfte mit der linken flachen Hand von außen gegen die Autotür und überkreuzte dann Mittel- und Zeigefinger.

„Falls er dann bereit ist, mit uns zu sprechen."

Die beiden hatten kurz darüber beraten, wie sie sich aufteilen sollten. Wagner hatte darauf bestanden, frühmorgens alleine in die *Questura* zu fahren und auf dem Weg dorthin das Frühstück ganz klassisch italienisch in einer Bar einzunehmen: Cappuccino und Brioche.

Als guter Gastgeber hatte Caponnetto ihr selbstverständlich angeboten, mit ihr zu frühstücken und sie dann in die *Questura* zu begleiten. Wagner hatte höflich abgelehnt. Er hatte höflich sein Angebot wiederholt und nachdem sie nochmals abgelehnt hatte, entschied er, dass Wagner ihre eigenen Erfahrungen machen sollte.

Caponnetto verließ ebenfalls ohne Frühstück das Haus in Pietra, stieg auf sein Rad und fuhr Richtung Osten. Er würde in zügigem Tempo zu seinem Apartment am Hafen von Savona fahren. Dort würde er duschen und in der Bar am Yachthafen frühstücken. Er hatte einiges in Savona zu erledigen, und ja, natürlich wollte er auch in der Nähe der *Questura* sein – nur für alle Fälle.

*

Der erste Teil von Andrea Wagners Plan war
aufgegangen; auch wenn sie sich nicht sofort
entscheiden konnte, welche Füllung sie für ihre
Brioche wählen sollte: Pistazie, Vanille, Schokolade
oder Aprikosenmarmelade.

Interessiert schaute sie dem Barista zu, wie er den
Cappuccino zubereitete. Er neigt die Tasse etwas und
setzt die Milchkanne nahe an die Oberfläche des
Espresso auf. Er begann in der Mitte, goss die Milch
langsam und gleichmäßig. Sobald der Schaum auf
der Oberfläche zu schwimmen begann, hob er die
Kanne leicht an und schüttete dann schneller. Durch
eine leichte, kreisförmige Bewegung breitete sich der
Schaum zu einem runden Muster aus. Kurz vor dem
Ende zog der Barista die Kanne mit einer schnellen
Bewegung durch die Mitte zurück, wodurch sich ein
Herz formte.

Nicht ganz wie geplant verlief hingegen ihr Start in
der *Questura*. Zwar wurde ihr die Eingangspforte
geöffnet, aber der Zutritt zum nichtöffentlichen
Bereich des Polizeipräsidiums wurde ihr verwehrt.
Der diensthabende Beamte schaute die Frau mit den
roten Haaren an, sah in das vor ihm liegende Buch,
dann wieder hoch zu Wagner und schüttelte den
Kopf.

Wären die beiden in einem Restaurant
voreinander gestanden, wäre jetzt unweigerlich der
Satz gefallen: »Ich bedauere meine Dame, leider ist
für heute Abend keine Reservierung für Frau Wagner

vermerkt. Und überdies nehmen wir Reservierungen erst wieder für Juli 2028 an.«

Der junge Polizist in der *Questura* von Savona sagte unterdessen nur: „Wir erwarten keine Kollegin aus Deutschland. Sie müssen im vorderen Eingangsbereich warten."

„Und wie lange?", fragte Wagner, während sie ihren Dienstausweis wieder in die Tasche steckte.

„Solange, bis jemand kommt, der Sie als Besucherin identifiziert und registriert, *Signora*."

„Nobile, Sie kennen doch Ihre Kollegin Nobile? Und Bonfatti! Bonfatti müsste doch ihr Vorgesetzter sein. Beide sind informiert! Sie wissen, dass ich komme. Sie erwarten mich!" sagte Wagner fordernd.

Der Diensthabende streckte stumm den rechten Arm nach vorne.

„Bitte, *Signora* …"

Wagner überlegte kurz, ob sie dem Diensthabenden die Waffe, die sie am Holster über der rechten Gesäßtasche ihrer Jeans trug, zeigen sollte, entschied sich jedoch, aufgrund der nicht kalkulierbaren Reaktion des jungen Polizisten darauf zu verzichten.

Um sieben Uhr morgens einen Amokalarm im Polizeipräsidium Savona auszulösen, gehörte nicht zu den Dingen, die sie Kriminalhauptkommissar Hering als Meilenstein einer erfolgreichen Mission nach München melden konnte. Der Gedanke daran amüsierte sie allerdings, was ihr wiederum half, sich zu entspannen.

Sie würde warten, bis Nobile oder Bonfatti in die *Questura* kamen, was – so hoffte sie – nicht mehr allzu lange dauern würde.

Die deutsche Fahnderin konnte nicht ahnen, dass Nobile heute schon sehr früh von einem Streifenwagen zu Hause abgeholt worden war, der sie nach Stella San Giovanni gefahren hatte. Das kleine Dorf lag etwa fünfzehn Kilometer von Savona entfernt im Landesinneren, 260 Meter über dem Meeresspiegel auf dem Ligurischen Apennin, dem nordwestlichen Ende des Apennins in Italien. Bonfatti hatte bei Cristina Donati in Varigotti übernachtet und war heute früh zum Schießtraining eingeteilt, sodass auch er erst nach zehn Uhr ins Präsidium kommen würde. Hätte sich der Diensthabende etwas mehr Mühe gegeben und das Anliegen der Besucherin ernster genommen, wäre ihm das aufgefallen.

XIII

„Wussten Sie, *Commissario*, dass Sandro Pertini auf diesem Friedhof liegt?"

Bonfatti der Nobile angerufen hatte, aber in Gedanken noch bei der Organisation des Abendessens in der *Osteria Il Golfo* war – er und Cristina Donati hatten heute Jahrestag – fragte zerstreut: „In Pietra Ligure?"

„Wieso Pietra Ligure? Nein, in Stella San Giovanni. Der Staatspräsident ist dort ..."

„Ah, wirklich? Pertini ist dort begraben?"

„*Si, Signor Commissario*, ich bin in Savona zur Schule gegangen. Es gibt hier kein Schulkind, das nicht mindestens einmal im *Museo* Sandro Pertini war."

„Also, ich wusste, dass er nicht in Rom bestattet wurde. Aber ich wusste nicht, dass Pertini in San Giovanni begraben ist."

1983 erwähnte der italienische Sänger Toto Cutugno in seinem Lied *L'italiano* Sandro Pertini in der zweiten Strophe: „*Un partigiano come presidente*" bezieht sich auf Pertini, der als Partisan im Widerstand gegen die Faschisten kämpft und der Leitung des Nationalen Befreiungskomitees für Norditalien angehörte.

Als Pertini 1978 nach 16 Wahlgängen mit über 80 Jahren zum Staatsoberhaupt der Italienischen Republik gewählt wurde, ahnte niemand, dass er einer der beliebtesten Präsidenten des Landes werden würde. Obwohl er bis 1985 im Amt war, scheint es, als gäbe es nur zwei Fotos aus der siebenjährigen

Amtszeit. Ab 1982 sah man in den Zeitungen und im Fernsehen fast ausschließlich eines von zwei Bildmotiven, wenn es eine Meldung gab, die Pertini betraf.

Ein Foto zeigte ihn freudestrahlend in einem blauen Anzug, die Hände nach oben gestreckt, als wollte er Jubel und Glückwünsche auf den Rasen hinuntersenden. In der linken Hand hält er seine Pfeife, neben ihm steht der spanische König Juan Carlos. Dieses Foto wurde am 11. Juli 1982 im *Estadio Santiago Bernabéu* in Madrid aufgenommen, kurz nachdem Italien das Finale der Fußball-Weltmeisterschaft mit 3:1 gegen Deutschland gewonnen hatte.

Das andere Bild, von der Präsidialverwaltung als offizielles Porträt seiner Amtszeit veröffentlicht, zeigt Pertini ebenfalls mit Pfeife in der linken Hand. Hinter ihm Goldverzierungen und ein blau gemustertes Wanddekor, im Vordergrund Pertini mit ernstem Blick hinter den getönten Gläsern seiner Hornbrille. Dieses Foto wurde im Palazzo Chigi, dem Amtssitz des italienischen Staatspräsidenten, aufgenommen.

Bonfatti dachte an dieses Bild von Sandro Pertini und fokussierte seine Gedanken. Nun verstand er, warum dieser kurze Exkurs in Italiens politische Geschichte wichtig war.

„*Brava* Nobile! Sehr gute Idee!"

„Danke, *Signor Commissario*, informieren Sie dann den *Capitano* und die Kollegin aus Deutschland?", fragte Nobile.

„Kollegin aus Deutschland? Ich verstehe nicht ganz, *Ispettore*", entgegnete der *Commissario*.

„Ich dachte, wir treffen später in der *Questura* diesen Andrea Wagner – bringt er noch jemanden aus Deutschland mit?"

Da fiel Francesca Nobile erst ein, dass niemand den *Commissario* darüber informiert hatte, dass der Zielfahnder aus Deutschland, Andrea Wagner; kein männlicher Kollege war, sondern eine Frau.

„Am besten rufen Sie kurz den *Capitano* an, *Signor Commissario*, ich denke, er hat mehr Informationen zu dem Besuch aus Deutschland."

Bonfatti kratzte sich nachdenklich am Kopf und wählte Caponnettos Nummer. Sein Freund meldete sich über die Freisprechanlage.

„*Ciao* Antonio. Was gibt's?"

„Sag Du es mir!"

„Was meinst Du?"

„Nobile meinte, Du hättest Kontakt zu dem Zielfahnder aus Deutschland."

„Ja, Hering hatte uns verknüpft. Ich habe sie gestern getroffen."

„Sie? Wir reden doch über die gleiche Person, oder? Andrea Wagner, Zielfahnder beim LKA Bayern!"

„Ja, nur ist Andrea in Deutschland kein Männername wie in Italien, sondern ein Frauenname."

„*Ok, capito*, und wo ist diese Andrea jetzt?"

„Na, ich dachte sie wäre bei Dir in der *Questura*", entgegnete Caponnetto schelmisch.

„*Porca miseria*, ich bin noch gar nicht im Präsidium – und Nobile ist direkt zum Friedhof gefahren. Ich rufe gleich beim Diensthabenden an, wahrscheinlich hat er die Kollegin einfach in den Warteraum gesetzt, ohne mich zu informieren."

„Ja, genau das hat er. Sie hat mich angerufen, und ich habe ihr gesagt, dass der Herr *Commissario* vermutlich noch seinen Rausch von letzter Nacht ausschläft und sie am besten direkt nach Stella San Giovanni fahren sollte, um dort Nobile zu treffen."

„Na, wunderbar", Bonfatti sprang auf.

„Ich weiß wirklich nicht, was ich dazu sagen soll, mein Lieber! Machst Du jetzt die taktische Einsatzplanung? Oder bist Du wieder im Dienst und ich hab's noch nicht mitbekommen?"

„*Scusa* Antonio. «Einmal Polizist, immer Polizist», Aber Du hast recht, ich hätte das besser mit Dir abstimmen sollen."

„Schwamm drüber, Du hast gesagt, die Zielfahnderin ist jetzt auf dem Weg zum Friedhof. Das ist gut!"
Caponnetto wunderte sich über Bonfattis schnellen Stimmungswechsel.

„Warum ist das gut?"

„Pertini!"

„*Come?*"

„Sandro Pertini liegt auf dem Friedhof in San Giovanni begraben."

„Und?"

„Wenn diese Wagner auf dem Friedhof ist, Noce dort auftaucht und misstrauisch wird, oder einer seiner Leute herumschnüffelt … also falls er welche vorschickt …"

„Was dann?", fragte Caponnetto, der ungeduldig wurde, weil er seit gefühlten zehn Minuten an einer roten Ampel wartete.

„Dann soll sie Noce oder seine Komplizen direkt ansprechen und sagen, sie wolle das Grab des Staatspräsidenten besuchen. Verstehst Du nicht? Das wirkt völlig unverdächtig!"

„Na ja, Antonio. Ich weiß nicht so recht ..."

„Mensch Peppino, Du bist wirklich eingerostet. *Un po´di fantasia!* Sie soll einfach sagen, sie sei vom deutschen Fernsehen und recherchiere für eine Dokumentation oder so."

Endlich sprang die Ampel auf Grün.

„Hör mal, Antonio, erinnerst Du Dich noch an Domenico Condello?"

„Aus Reggio Calabria? Ja, natürlich. Du hattest ihn vor einigen Monaten festgenommen, als er am Hafen einen Container mit Oliven übernommen hatte. Ich meine aus Tunesien ...das war kurz vor Deinem Unfall."

„Die Lieferung kam aus Marokko, aber genau diesen Condello meine ich. Die Oliven sollten zu »Made in Italy« umdeklariert und dann zu Öl verarbeitet werden."

„Was ist mit Condello? Warum fragst Du?"

„Wurde er verurteilt?", fragte Caponnetto.

„Das weißt Du gar nicht? Es wurde nie Anklage erhoben. Das Verfahren wurde eingestellt, und Condello wurde aus der Untersuchungshaft entlassen. Ich weiß nicht mehr genau, wann, aber das muss ..."

„Schau bitte nach. Ich wette, es war am Tag meines Unfalls oder am Tag davor. Und bitte schau auch nach, welcher Staatsanwalt den Fall bearbeitet hat.

„Das muss ich nicht nachschauen. Es war Lombardo, dieses Arschloch! Der gleiche, der die

Untersuchung Deines Unfalls einstellen ließ."
Bonfatti war aufgebracht. Allein der Gedanke an Umberto Lombardo ließ die Adern an seinem Hals hervortreten.

„Du hast mir immer noch nicht gesagt, warum Du Dich ausgerechnet jetzt wieder für Domenico Condello interessierst."

„Ich bin mir ziemlich sicher, dass Condello damals den Lastwagen gefahren hat."
Mit diesen Worten beendete Caponnetto das Gespräch.

Er versuchte sich zu erinnern, wann er Staatsanwalt Lombardo das letzte Mal getroffen hatte. Umberto Lombardo, Ende dreißig, war ein hagerer Mann, der oft *„prima di adesso"* sagte. Das war eine ungewöhnliche Variante der ohnehin schon antiquierten Redewendung *„prima di ora"*.

Wenn Lombardo beispielsweise ausdrücken wollte, dass ein mutmaßlicher Täter bisher nicht aufgefallen war, sagte er: „Der Täter war vor diesem Zeitpunkt nicht aufgefallen." Diese altmodische Sprechweise passte zwar nicht zu seinem tatsächlichen Alter, doch Lombardo wirkte ohnehin vorzeitig gealtert und ergraut. Gleichzeitig kleidete er sich stets betont jugendlich und modern, was den Kontrast verschärfte und ihn umso mehr als Sonderling erscheinen ließ.

Caponnetto und der *Commissario* hatten vereinbart, dass Gianni Sestri und Bonfatti bei der Postfiliale am Corso Tardy e Benech warten würden. Der Boulevard, benannt nach den Freiheitskämpfern

Jacopo Tardy und Giuseppe Benech, war ein taktisch günstiger Ort für die Warteposition. Dort kreuzten sich die SS1 und die SP29, was es ihnen ermöglichte, rasch in die eine oder andere Richtung aufzubrechen, sobald sie wussten, wo Noce sich aufhielt. Caponnetto sollte seinen Alfa Romeo Stelvio dort parken und sich mit Bonfatti und Sestri treffen.

*

Sestri war fast der Appetit vergangen, als er erfuhr, dass er auf Giuseppe Caponnetto treffen würde. Schließlich war er doch letztlich verantwortlich für die vielen spöttischen Zeitungsberichte, nachdem Caponnetto – ausgerechnet ein *Carabiniere* im Ruhestand – der *Polizia di Stato* geholfen hatte, einen Mordfall aufzuklären. Nachdem der Täter gestanden hatte, war Sestri in der Bar, in der er täglich sein Frühstück einnahm, auf einen Journalisten getroffen – rein zufällig, hatte Sestri naiv angenommen.

Der Journalist hatte den Polizisten auf ein Stück Focaccia eingeladen, die großartige Ermittlungsarbeit der Polizei von Savona gelobt und Sestri geschickt in ein Gespräch verwickelt. Zwischen zwei Bissen Focaccia hatte Sestri dann Caponnettos Beteiligung ausgeplappert, obwohl man sich innerhalb der *Questura* darauf geeinigt hatte, dieses Detail in den offiziellen Berichten nicht zu erwähnen. Caponnetto war es nur recht gewesen, dass seine Rolle bei der Aufklärung des Falles Umberto Serra nicht publik wurde. Umso ärgerlicher war es für ihn, als eine

Zeitung nach der anderen die Geschichte aufgriff und sogar Interviewanfragen an ihn gerichtet wurden.

Bonfatti, der sich seinerseits vor dem Polizeipräsidenten erklären musste, hatte sofort *Agente* Sestri im Verdacht und nahm ihn sich vor. Dieser stritt hartnäckig ab und sprach in den folgenden Tagen in der *Questura* nur noch, wenn es absolut unvermeidlich war.

Nach drei Tagen schlug *Ispettore* Nobile vor, bei Sestri sehr spezielle, erweiterte Verhörmethoden anzuwenden. Am nächsten Morgen brachte sie ein Panino mit Tomaten, Mozzarella und gegrillten Auberginen mit, das bereits in zwei Hälften geschnitten war. Dieses platzierte sie am äußersten Rand ihres Schreibtisches, dicht an Sestris Platz. Es dauerte keine zwei Minuten, bis er weichgekocht war.

„Das riecht aber ganz schön lecker, Francesca. Ist das aus der Bar im Einkaufszentrum?"

„Nein, wo denkst Du hin, Gianni! Hast Du im *Gabbiano* je ein so leckeres Panino gesehen?"

„Äh nein, genau deshalb frage ich ja ..."

„Dieses Panino", Nobile tippte leicht mit dem Zeigefinger auf die halbgeöffnete Tüte, „dieses Panino ist aus der *Bar Topolino*. Dafür habe ich heute Morgen extra einen Umweg gemacht."

Sie nahm die eine Hälfte in beide Hände, hielt sich das Panino unter die Nase.

„Mmmmmhh, wie das duftet."

Sestri schaute seiner Kollegin mit halb geöffnetem Mund zu, wie sie in das Panino hineinbiss. Fast schien es, als würde er unbewusst Kaubewegungen machen.

„Sag mal Gianni, möchtest Du vielleicht auch ein Stück?"

Sie hielt ihm die Tüte mit der anderen Hälfte entgegen, aber zog sie wieder zurück, als Sestri seine linke Hand ausstreckte.

„Die miese Stimmung hier in der *Questura* schlägt wirklich aufs Gemüt, findest Du nicht?", meinte sie und zog ihre Hand mit der Tüte noch ein Stück weiter zurück.

Sestri, der wusste, worauf seine Kollegin anspielte, druckste verlegen herum, während seine Hand weiter ausgestreckt in der Luft stand, wie bei dem Mädchen im Gemälde von Banksy.

„Na ja, wird sich schon wieder alles beruhigen – hoffe ich.", kleinlaut schob er nach, „war ja auch keine Absicht."

Francesca Nobile reichte ihm das Panino und von *Commissario* Bonfatti gab es dazu als Nachtisch eine Standpauke und die Warnung, dass er ihn bei einem erneuten Fehlverhalten zur Versetzung nach Vernazza oder Riomaggiore empfehlen würde.

„Dann kannst Du die allerschönste Seite Liguriens erleben, die sagenumwobenen Cinque Terre!", lachte der *Commissario* .

„Fünf kitschige Dörfer, bunt angemalt und Massen von Touristen, sowie enge, steile Straßen. Du wirst sehen, nach ein paar Wochen Streife bergauf und bergab wirst Du Dich wie neu geboren fühlen. Zumal Dir bei den überhöhten Preisen auch der Appetit schnell vergeht. Bei den nächsten Polizeimeisterschaften kannst Du dann als Leichtgewicht boxen."

Der Gedanke, bald wieder mit Caponnetto und Bonfatti im Streifenwagen zu sitzen, weckte bei Gianni Sestri unangenehme Erinnerungen an diese Episode, und er fürchtete, Caponnetto könnte ihm noch immer böse sein. Doch seine Sorgen waren unbegründet – weder sein Vorgesetzter noch Caponnetto neigten dazu, nachtragend zu sein.

*

Zur gleichen Zeit rief Wagner bei Nobile an, um ihr mitzuteilen, dass sie in etwa zehn Minuten eintreffen würde. Nobiles Vorschlag, sich als Journalistin zu tarnen, gefiel ihr gut.

Wenig später stoppte Wagner ihr Auto auf dem Parkplatz vor der Kirche San Giovanni Battista. Sie wusste, dass Nobile zusammen mit einem Kollegen Position im Glockenstuhl bezogen hatte. Von dort aus hatten sie zwar weite Teile des Geländes im Blick, jedoch erkannte Wagner nun, dass es zwei tote Winkel gab.

Schräg gegenüber der Kirche warb ein Schild für eine Bed & Breakfast Unterkunft. Wagner entschied, dort Posten zu beziehen, und parkte den Wagen rückwärts in die Einfahrt, sodass sie das Kirchportal gut im Blick hatte. Sie hielt sich ihr Mobiltelefon ans Ohr, um den Eindruck zu erwecken, dass sie telefonierte.

Durch den Rückspiegel sah Wagner, wie sich die Tür des Bed & Breakfast öffnete. Sie beobachtete die Person, die auf die Straße trat, und versuchte einzuschätzen, ob von ihr eine Gefahr ausging.

»Anfang dreißig, etwa ein Meter sechzig groß, 58, vielleicht auch nur 54 Kilo schwer, blondes, schulterlanges Haar, knielanges, dunkelblaues, ärmelloses Kleid. Unpassend für diese Jahreszeit.«

Zufrieden mit sich und ihrer Auffassungsgabe begann Wagner, ihrem imaginären Gesprächspartner am Telefon zu antworten.

„Ja genau, vermutlich in einigen Tagen. Es kommt darauf an, wie schnell ich mit der Arbeit hier fertig bin."

Die Frau im dunkelblauen Kleid klopfte an die Scheibe der Fahrertür. Wagner blieb aufmerksam und sagte laut hörbar in deutscher Sprache: „Warte mal. Nein, es ist besser, ich rufe zurück." Sie legte das Mobiltelefon auf den Beifahrersitz und öffnete das Fenster.

„*Buon giorno.* Diese Parkplätze sind nur für Gäste der *Cassetta.* Fahren Sie bitte weiter", sagte die Frau in höflichem, aber bestimmtem Ton.

„*Buon giorno, Signora.* Ich wollte mich hier für ein oder zwei Nächte einquartieren. Haben Sie ein Zimmer frei?"

„*Mi dispiace.* Wir haben geschlossen. Es lohnt sich nicht in dieser Jahreszeit. Da kommen zu wenige Gäste."

Die Fahnderin deutete auf die nackten Arme.

„Aber Sie rechnen damit, dass es heute noch wärmer wird?"

Die junge Frau verstand die Anspielung sofort.

„Nein, es wird heute kühl bleiben und vermutlich auch die nächsten Tage. Wir machen ein Fotoshooting für unsere Accounts bei Facebook und Instagram, um Werbung machen, wenn die Saison startet."

„Ah, und im Sommer werden Sie für Fotos keine Zeit haben, weil dann so viel los ist? Deshalb machen Sie jetzt schon einige Bilder, die nach Sommer aussehen?!"

Der Hotelbesitzerin gefiel diese Frau mit den roten Haaren, die so unkompliziert und zugleich unaufdringlich ein lockeres Gespräch begonnen hatte. Sie überlegte, ihr die Zimmer zu zeigen.

›Wer weiß, bei wie vielen Leuten sie Werbung für uns machen könnte… ‹ fragte sie dann aber nur, „Sie sind aus Deutschland, oder?"

„Ja, stimmt."

„Und was führt Sie in diese Gegend? Ist ja kaum etwas los hier zu dieser Zeit?"

„Ach, ich bin beruflich hier. Ich arbeite als Journalist und recherchiere für eine Dokumentation über Sandro Pertini."

Während Wagner der Frau antwortete, bemerkte sie aus dem Augenwinkel, wie der Pfarrer in Begleitung eines Mannes die Kirche verließ.

„Sagen Sie, wie weit ist es bis zum Friedhof?"

„Es ist nicht weit, etwa 200 Meter, die Straße runter. Sie können gerne den Wagen hier stehen lassen. Sie werden ja nicht ewig dort bleiben, oder?" Dabei kicherte die Frau, weil sie an die Anspielung auf den Friedhof und die ewige Ruhe dachte.

„Es gibt ja auch nicht so viel zu sehen. Es ist ein Familiengrab wie viele andere auf dem Friedhof, nur dass bei Pertini eine *bandiera tricolore* weht."

Wagner bedankte sich und überlegte, ob sie vorausgehen oder warten sollte, bis der Pfarrer mit seiner Begleitung ein Stück die Straße heruntergelaufen war.

Die Frau nahm Wagner die Entscheidung ab. Sie winkte in Richtung der beiden Männer und rief: *„Buon giorno* Padre Larusso. Die *Signora* möchte zur *tomba* Pertini. Sie gehen doch rüber zum Friedhof, oder? Dann können Sie ihr vielleicht den Weg zeigen!?"

Wagner stieg aus dem Auto und bedankte sich.

„Sehr freundlich von Ihnen. Ich sage dann Bescheid, wenn ich wegfahre."

„Ja, gerne. Dann kann ich Ihnen die Zimmer zeigen. Vielleicht möchten Sie ja mal wiederkommen, wenn wir geöffnet haben."

Der Pfarrer winkte Andrea Wagner zu sich und blieb mit seinem Begleiter auf der anderen Straßenseite stehen.

Für Wagner gab es keinen Zweifel. Sie blickte in die dunklen Augen von Simone Noce. Die Fahnderin streckte ihr Mobiltelefon in die Höhe und machte ein Selfie von sich. Es war das mit Nobile vereinbarte Zeichen, dass sie Noce identifiziert hatte. Nobile würde nun die steile Treppe des Glockenstuhls hinunterklettern, über den Hintereingang den Friedhof betreten und dort am Treffpunkt auf sie warten.

„*Buon giorno.* Sie möchten zum Grab des Präsidenten? Sehr schön! Es kommen nicht mehr viele Besucher. Zuletzt gab es hier 2017 einen großen Menschenauflauf. Alles war voll mit Polizei und *Carabinieri.*"

›Hatte Noce eben gezuckt oder habe ich mir das nur eingebildet?‹, schoss es Wagner durch den Kopf. Sie würde versuchen, Noce weiter unter Stress zu setzen, daher bohrte sie nach und fixierte dabei seine Pupillen.

„Und jetzt ist vermutlich auch wieder viel Polizei hier, oder? Ich meine wegen dieser Exhumierung und der Leichenschändung in Savona. Ich habe in der Zeitung davon gelesen. Ganz schlimm!"

Wagner hatte genau sehen können, wie sich Noces Pupillen geweitet hatten. Er war gestresst – gut so! Unter Stress verändern sich Wahrnehmung, Risikobereitschaft und Selbstkontrolle.

Ein gestresster Noce würde weniger aufmerksam sein, unvorsichtiger agieren und könnte leichter überrumpelt werden. Allerdings könnte er auch sehr impulsiv reagieren. Vorsicht war daher geboten.

Padre Larusso räusperte sich, um anzudeuten, dass ihm das Thema der Exhumierung unangenehm war. Aus diesem Grund hatte sein Begleiter ihn aufgesucht. Der Mann hatte erklärt, er wolle an der leeren Grabstätte seines alten Freundes für dessen Seelenfrieden beten.

Der gemeinsam entwickelte Plan, an dem Wagner, Bonfatti und Caponnetto in mehreren Iterationen gefeilt hatten, ging auf.

Sie hatten einen Friedhof in der Provinz Savona gesucht, auf dem kürzlich ein Grab geöffnet worden war, damit die Geschichte von der Exhumierung und der Verwechslung im Krankenhaus glaubwürdig war.

Der Zufall hatte es gewollt, dass an diesem Ort, wo der Staatspräsident begraben lag, die Leiche eines Mannes exhumiert wurde. Doch als den Medien suggeriert, geschah dies nicht für eine kriminalistische Untersuchung, sondern wegen einer Familienzusammenführung. Die sterblichen Überreste des Mannes waren bereits seit gestern auf dem Weg nach Frankreich. Padre Larusso, der der Exhumierung beigewohnt hatte, und von Nobile eingeweiht worden war, spielte seinen Part in diesem kleinen Theaterstück meisterhaft.

Völlig unerwartet hörte die Fahnderin zum ersten Mal die dünne, brüchige Stimme von Simone Noce.

„Sagen Sie mal, kennen wir uns nicht? Ich könnte schwören, wir sind uns schon einmal begegnet."

„Ach, das höre ich oft. Ich habe so ein Allerweltsgesicht. Nein, ich glaube wirklich nicht, dass wir uns schon einmal begegnet sind. Ich heiße Meier, Silvia Meier."

Als das Trio den Eingang zum Friedhof erreichte, überlegte Noce immer noch, woher ihm diese Meier bekannt vorkam.

„Also *Signora* Meier. Sie folgen einfach dem Hauptweg, die Grabstätte des Präsidenten liegt dann auf der linken Seite. Sie können sie nicht verfehlen ..."

„Wegen der Fahne", ergänzte Wagner.

Der Priester nickte.

„Wegen der *bandiera.*"

„*Grazie, Padre.*"

Wagner sah Noce fest in die Augen und sagte „Auf Wiedersehen. Ich wünsche Ihnen alles Gute – und grübeln Sie sich nicht zu viel darüber, woher Sie mich kennen. Davon bekommt man Falten."

›Soll er ruhig nervös werden‹, dachte Wagner, ›vielleicht macht er dann einen Fehler‹.

Ohne eine Antwort von Noce abzuwarten, lief Wagner den Friedhofsweg runter.

„Mmmahh!", kommentierte Padre Larusso diesen Abgang mit gespielter Entrüstung, die ausdrücken sollte: „Was soll man davon halten?"

„Kommen Sie, es ist gleich hier drüben …"
Der Padre lenke seinen Begleiter durch sanften Druck auf dessen rechte Schulter in einen Seitenweg, der zur angeblich letzten Ruhestätte seines Freundes führte.

XIV

Am Familiengrab der Pertinis angekommen, verharrte Nobile einige Minuten – und das nicht nur, um ihre Tarnung zu wahren. Mit Pertini verband sie auch die Erinnerung an die *Anni di Piombo*. Eine Zeit politischer und sozialer Unruhen in Italien, geprägt von rechtem und linkem Terror. Diese Periode dauerte bis in die späten 1980er Jahre und erreichte 1980 einen traurigen Höhepunkt als bei einem Anschlag auf den Bahnhof von Bologna 85 Menschen ums Leben kamen.

Gleichzeitig zog Ende der 1970er Jahre die sizilianische Mafia eine Blutspur durch Palermo. Um ihre Macht zu demonstrieren, töteten die Corleonesi im Juli 1979 den Chef der Polizei von Palermo. Da war Sandro Pertini gerade mal zwei Wochen im Amt gewesen. Zwei Monate später wurde der Ermittlungsrichter Cesare Terranova in seinem Auto erschossen. Im Januar 1980 traf es das nächste prominente Opfer: den Präsident der Region Sizilien, Piersanti Mattarella, der vor seinem Haus in Palermo ermordet wurde. Er war der Bruder des heutigen Staatspräsidenten Sergio Mattarella.

Für viele junge Menschen dieser Zeit, darunter auch Nobiles Vater, waren diese politischen und kriminellen Attentate der frühen 80er Jahre ein starker Antrieb, ihren Dienst bei der Polizei oder den *Carabinieri* anzutreten. Eine Generation später war auch Nobile zur Polizei gegangen, getrieben vom Wunsch etwas zu bewirken.

Sie hörte hinter sich einen Ast am Boden knacken, blieb jedoch unbesorgt. Nobile hatte am Duft erkannt, wer sich ihr von hinten näherte. Da sie und Wagner nicht sicher sein konnten, ob sie beobachtet wurden, blieben beide in ihren Rollen.

„Entschuldigen Sie, können Sie mir bitte sagen, ob es in Italien erlaubt ist, ein Grab zu fotografieren?"

„Das kommt auf den Grund an."

„Sagen wir, ich möchte etwas für immer festhalten", entgegnete Wagner und betonte dabei das Wort »festhalten« besonders.

„In diesem Fall sollten Sie sicher sein, dass es auch wirklich das richtige Grab ist. Einfach so herumfotografieren – das geht nicht."

„Ich bin mir absolut sicher, dass es das richtige Grab ist, und ich möchte diesen Moment festhalten."

Nobile drehte sich in Richtung Kirchturm, wo ihr Kollege das Gespräch über einen drahtlosen Sender verfolgt hatte.

„Ich verstehe das als Auftrag zum Zugriff. Bitte bestätigen!", sagte er leise zu Nobile.

„Dann wünsche ich Ihnen viel Erfolg mit den Fotografien."
Erneut drehte sich Nobile in Richtung Kirchturm und nickte mit dem Kopf.

„Warten Sie besser nicht zu lange; es könnte bald regnen."

Nobiles Kollege griff zum Funkgerät und informierte die mobile Einheit, dass der Zugriff freigegeben war.

Wagner zog einen kleinen Block aus ihrer Tasche und begann, sich Notizen zu machen, während

Nobile den Friedhof wieder durch den Hintereingang verließ.

Zwei Polizisten in Zivil, postierten sich in der Nähe des Fiat Panda und warteten darauf, dass Noce zu seinem Wagen zurückkehrte. Dort wollten sie ihn überrumpeln.

Padre Larusso hatte den Mann von dem er wusste, dass er ein gesuchter Krimineller war, mit wachsendem Unbehagen bis zum schmalen Seitenweg begleitet, von dem aus das leere Grab zu sehen war. Der Padre hoffte inständig, dass der Mann ihn nicht bitten würde, mit ihm zu beten und ihn damit zum Komplizen seiner Täuschung zu machen.

Um auf Nummer sicher zu gehen, blieb er stehen und streckte seine linke Hand nach vorne. Seine rechte Hand nahm er vor die Brust und berührte die Kette mit dem hölzernen Kreuz.

„Es ist gleich dort vorne. Sie möchten sicher alleine sein."

Mit diesen Worten empfahl sich der Padre. Noce ging die wenigen Schritte bis zum Grab alleine weiter.

Was Noce sah, bereitete ihm Kopfzerbrechen. Am Morgen, als er die Meldung im Radio gehört hatte, hatte er die Wahrscheinlichkeit, dass es sich um einen Bluff handelte, um ihn ins Krankenhaus zu locken, auf über fünfzig Prozent geschätzt. Er wollte daher das Risiko nicht eingehen und entschieden, anstatt gleich ins *Ospedale San Paolo* zu fahren, erstmal hier am Friedhof zu überprüfen, ob es tatsächlich ein leeres Grab gab. Das bedeutete zwar Aufwand und war riskant, da er sein sicheres Versteck aufgab, aber er musste handeln. Er kannte die Meldung über die

Leiche. Die Nachricht über die gestohlene Leiche nach der Exhumierung konnte er nicht einfach ignorieren.

Nun, da Noce vor dem leeren Grab stand – einem Grab, das offensichtlich nicht neu ausgehoben worden war, sondern schon lange existierte – war er einerseits froh, den Weg hierher auf sich genommen zu haben. Andererseits musste er nun annehmen, dass es doch wahrscheinlicher war, als er zunächst gedacht hatte, dass er das falsche Skelett aus dem Krankenhaus mitgenommen hatte. Was im Kofferraum seines Fiat Panda lag, war für ihn nun nichts weiter als ein Haufen alter Knochen. *U Muto* bekreuzigte sich vor dem leeren Grab und machte sich auf den Weg zurück zum Ausgang.

Andrea Wagner hatte sich wie besprochen zurückgezogen und ging in Richtung der Pension, wo ihr Wagen stand.

Nobile stieg währenddessen auf den Kirchturm, um von dort den Einsatz zu leiten. Oben angekommen informierte sie Bonfatti über den bevorstehenden Zugriff.

„Noce kommt Richtung Ausgang. Noch etwa 400 Meter … 300 Meter… Er hat den Ausgang passiert und läuft auf den Wagen zu."

„Gleich haben wir ihn", flüsterte der Polizist auf dem Glockenturm.

„Merda, tutti fermi", rief Nobile.

„Was ist los?", fragte Bonfatti.

„Da kommt eine Schulklasse."

Auch Wagner konnte jetzt deutlich den fröhlichen Gesang der Kindergruppe hören, die sich vom oberen Ende der Straße her näherte.

„*Giro, giro tondo...*" Sie erkannte die Melodie als ›Ringel, Ringel, Reihe‹ wieder.

„*Casca il mondo...*", trällerten die Kinder, nun ebenfalls etwa 100 Meter vom Fiat Panda entfernt.

„*Casca la terra...*".

„Wissen wir, ob Noce bewaffnet ist?"

„Negativ, *Signor Commissario*. Wir haben keine Waffe gesehen, aber können nicht ausschließen, dass er eine Waffe hat."

Bonfatti ärgerte sich, dass er nicht selbst vor Ort war. Er hatte kein klares Bild der Lage und musste sich auf das verlassen, was er hörte.

„Ihr Einsatz, Ihre Entscheidung *Ispettore*."

Nobile blickte zu Wagner hinüber, die ins Gespräch mit der blonden Frau vertieft schien, aber die Situation auf der Straße aus den Augenwinkeln aufmerksam beobachtete.

Wagner drehte sich zum Kirchturm und schüttelte den Kopf.

„Abbruch, ich wiederhole Abbruch. Kein Zugriff." Nobile nahm einen tiefen Atemzug.

„Einheit eins: Sie fahren voraus in Richtung Savona und lassen sich von Noce überholen wenn er in diese Richtung fährt. Einheit zwei: Sie warten, bis er losfährt, und bleiben an ihm dran. Einheit drei und vier: Sie warten an der Strada Provinziale am Ortseingang Albisola Superiore und übernehmen ab dort. Ich folge auf Distanz."

›Gut gemacht, Nobile‹, dachte Bonfatti.

Nobile und ihr Kollege warteten, bis Noce mit dem Panda außer Sichtweite war, und stiegen dann vom Kirchturm. Wagner setzte sich zu *Ispettore* Nobile in den Streifenwagen, während ihr Kollege den Wagen von Wagner übernahm. Zurück blieb die Frau im blauen Kleid, die den beiden Autos verdutzt hinterherschaute.

*

Im Streifenwagen vor dem Postamt fielen die ersten Regentropfen auf die Windschutzscheibe und klopften leise auf die Motorhaube. Tick-Tick, Tick-Tick...

„Und was machen wir jetzt?" fragte Sestri.

„Das, was Polizisten immer tun – wir warten", sagte Caponnetto.

„Ist ja wie im Film: Drei Bullen sitzen im Auto und warten darauf, dass etwas passiert. Fehlen nur noch die Donuts!", entgegnete Bonfatti.

„Gute Idee, Chef! Ich geh und hol welche, weiter hinten habe ich einen *supermercato* gesehen!"

„Sestri, mach die Tür wieder zu. Das war nur 'n Witz. Wir bleiben hier und warten!"

„Äh...also keine Donuts?"

Caponnetto schmunzelte. Wie sehr ihm dieses Leben fehlte!

*

Ispettore Nobile und Andrea Wagner würden etwa eine halbe Stunde bis nach Savona brauchen. Nobile wollte die Zeit nutzen, um mehr über die Struktur der Polizei und die Aufgaben der Zielfahndung in Deutschland zu erfahren. Während ihrer Ausbildung für die gehobene Laufbahn hatte sie gehört, dass es in vielen Bereichen Unterschiede zwischen Italien und Deutschland gab, aber Details kannte sie nicht.

Auf der Fahrt gab Wagner ihrer Kollegin einen Schnellkurs zu den Themen Föderalismus und Polizeirecht. Sie erläuterte, dass in Deutschland mit Zielfahndung die intensive Suche durch Landeskriminalämter oder das Bundeskriminalamt bezeichnet wird und dabei zwei Kriterien entscheidend sind: Es geht immer um bereits identifizierte Personen und deren Festnahme ist von besonderer Bedeutung. Jede Polizeibehörde, Staatsanwaltschaft, ein Gericht oder die Generalbundesanwaltschaft kann ein Ersuchen um Aufnahme einer Person in die Zielfahndung stellen. Je nach Fall wird dann eines der Landeskriminalämter oder das Bundeskriminalamt tätig. Zielfahnder übernehmen diese schwierigen Fälle und verfolgen die gesuchten Personen, wenn es sein muss, über Jahre und oft auch grenzüberschreitend.

„Und wie bist Du zu diesem Fall gekommen?", fragte Nobile, als Wagner ihren Kurzvortrag beendet hatte.

„Das hier ist kein normaler Einsatz. In der Regel arbeiten Zielfahnder immer in Ermittlerteams von zwei Personen."

„Und warum bist Du alleine hier?", fragte Nobile.

„Es steckt wohl eine größere Sache dahinter, etwas, bei dem das Landeskriminalamt Bayern und die italienischen Behörden zusammenarbeiten und das wohl meine Abteilung betrifft. Mir wurde dazu nichts gesagt. Ich habe nur aufgeschnappt, dass ein General der *Carabinieri* involviert ist und darauf gedrängt hat, dass ich eingebunden werde. Wie gesagt, ist kein normaler Einsatz. Ich bin auch nicht dauerhaft im 52."

Nobile schaute zu ihr rüber und Wagner fiel ein, dass ihre italienische Kollegin mit dem Kürzel nichts anfangen konnte.

„Dezernat 52 ist beim LKA Bayern zuständig für Erkennungsdienst und Fahndung. Da liegen unter anderem die Zuständigkeiten für Zeugenschutz und Zielfahndung. Ich wurde an das 52 … , also sagen wir, ich wurde ausgeliehen."

„Wie ein Fußballspieler an einen anderen Club?", erkundigte sich Nobile.

„Was meinst Du?"

„Naja, wie soll das erklären? Manchmal wenn Spieler nach längerer Pause wieder in Form kommen müssen oder sich mit dem Trainer gestritten haben, werden sie von einem Fußballverein an einen anderen Club ausgeliehen – manchmal in der gleichen Liga, das ist bei uns zum Beispiel die Seria A, oder zu einem Verein ins Ausland."

„Ah verstehe, ja so in etwa", entgegnete Wagner lachend.

„Und gefällt es Dir bei der Zielfahndung?"

„Was soll ich sagen, in vielen Aspekten ist es normale kriminalistische Arbeit: Die Ermittler erstellen ein Personagramm, eine Sammlung von allem, was es über die Person zu wissen gibt und beim Aufspüren helfen kann. Mag er oder sie eine bestimmte Automarke oder ein besonderes Modell? Was isst die Person gerne, welchen Sport treibt sie, welche Sprachen spricht sie? Wo hat sie schon einmal gelebt? Falls die Zielperson raucht, welche Zigarettenmarke? Welche Schuh- und Kleidergröße hat sie? Gibt es schwer veränderliche Merkmale wie Narben?"

„Ob die Person auf Männer oder auf Frauen steht", ergänzte Nobile.

„Ja, auch das", bestätigte Wagner.

„Und wo bist Du sonst tätig?", wollte Nobile wissen.

Der Streifenwagen fuhr auf dem Corso Giuseppe Mazzini durch Albisola Superiore, unter der E80 den Eisenbahntrassen hindurch, vorbei an der Ausgrabungsstätte der Villa Romana di Alba Docilia.

Eine Katze lag an der Piazza Dante Alighieri im Schatten einer Sitzbank. Die Frühlingssonne schien kräftig, als der Wagen am Kreisverkehr in den Corso Filippo Ferrari einbog.

„Dezernat 62: Organisierte Kriminalität, Schwerpunkt Falschgeld."

Nobile horchte auf. Natürlich hatte sie von den Razzien in Kampagnen gehört, bei denen immer wieder Falschgelddruckereien ausgehoben wurden.

Zuletzt hatten die *Carabinieri* im Mai des vergangenen Jahres in einer Druckerei in Neapel fast eine Million gefälschter 50-Euro-Scheine sichergestellt. In Anerkennung der hohen Qualität der falschen Noten, die auch Sicherheitsmerkmale wie Wasserzeichen, Hologramme und Mikrodruck aufwiesen, hatten die Behörden die Bezeichnung „Napoli-Klasse" etabliert – gewissermaßen als Qualitätssiegel für diese Art von Falschgeld.

„Blüten – lohnt sich das heute noch?"

„Die Frage ist eher, für wen es sich heute noch lohnt?", entgegnete Wagner.

„Und? Für wen lohnt es sich heute noch?"

„Tja, das ist das Faszinierende an dem Thema. Für die Hersteller lohnt sich Falschgeld nur im Massengeschäft."

„Wie meinst Du das?"

„Für einen einzelnen falschen 100-Euro-Schein bekommen die Fälscher im Verkauf 14 bis 16 Euro. Da müssen sie schon eine Menge in Umlauf bringen, um alle Zwischenhändler und die Produktionskosten zu decken und noch genug Gewinn einzufahren – im Vergleich zu den Renditen bei anderen Delikten."

„Was daran ist so faszinierend?"

„Das eigentlich Interessante sind die Käufer. Eben weil die Hersteller eine große Menge absetzen müssen – die gehen ja nicht mit dem falschen 100-Euro-Schein beim Bäcker um die Ecke ihre Focaccia bezahlen…"

„…sondern sie verkaufen die Blüten in großer Stückzahl an andere Kriminelle. Follow the Money!", warf Nobile ein, der jetzt ein Licht aufgegangen war.

Mit »Follow the Money« als Ermittlungsmethode hatte der Richter Giovanni Falcone in den 1980er Jahren in Palermo erfolgreich operiert. Nachdem er von Banken die Herausgabe von Unterlagen zu Überweisungen und Umtauschgeschäften von italienischer Lira in US-Dollar erzwang, konnte er Finanzströme nachverfolgen und Verflechtungen zwischen kriminellen Gruppen aufdecken, die bis dahin den Ermittlern verborgen geblieben waren. Wagner, die sich während ihrer Ausbildung intensiv mit der Arbeit des Anti-Mafia Pools von Palermo beschäftigt hatte, wusste jetzt, dass Nobile verstanden hatte und sich auskannte.

„Dort, wo ihr viel Falschgeld findet, könnt ihr davon ausgehen, dass es enge Verflechtungen zur Organisierten Kriminalität gibt – richtig?", fragte Nobile.

„Genau, ein Krimineller, der zum Beispiel Bestechungsgelder zahlen oder etwas Illegales kaufen will und von fünfzigtausend Euro nur zehntausend Euro in echtem Geld zahlt, spart eine Menge!", bestätigte Wagner und führte den Gedanken fort: „Selbst wenn die andere Partei merkt, dass ein Großteil des Geldes Blüten sind, wird sie kaum zur Polizei gehen."

„Also wenn ich Dich so höre, scheint Dir der Job Spaß zu machen", sagte Nobile.

„Job? Das ist nicht einfach ein Job für mich. Mein Vater hat immer gesagt, egal was Du in Deinem Leben tust, mach es ganz oder gar nicht."

Nobile kicherte, „wie Meister Yoda" und Wagner ergänzte mit krächzender Stimme „nicht versuchen, tue es oder tue es nicht".

Beide lachten.

„Spaß beiseite." Wagners Stimme wurde leiser.

„Der Dienst und die verschiedenen Stationen haben mein Leben verändert – insbesondere die Zeit in der Einheit für Personenschutz, aber auch jetzt in der Fahndung. Wenn ich in ein Hotel einchecke, achte ich darauf, wie nah mein Zimmer am Treppenhaus liegt und ob das Fenster zum Hof oder zur Straße zeigt. Diese Präferenzen kann man meist schon bei der Buchung angeben; schwieriger ist es jedoch, ein Zimmer im richtigen Stockwerk zu bekommen, besonders wenn wir verdeckt ermitteln."

„Richtiges Stockwerk?" fragte Nobile unschlüssig.

„Schau Francesca, Hotels sind *soft targets*, wenig gesicherte, halböffentliche Räume und damit ein leichtes Angriffsziel für Terroristen und Kriminelle. In den oberen Stockwerken, die zu hoch liegen, um aus dem Fenster zu springen, sind die Fluchtmöglichkeiten sehr eingeschränkt…"

„Und im Erdgeschoss bist Du sehr exponiert, denn Angreifer können leichter eindringen und Du hast weniger Vorwarnzeit", schlussfolgerte Nobile.

„Genau!"

„Ich glaube, ich verstehe sehr gut, was Du meinst. Seit ich in Bologna dieses Seminar über Lebensmittelfälschung besucht habe, ist für mich eine Mozzarella auch nicht mehr einfach nur ein Stück Frischkäse."

„Ah, Agromafia – sehr gut, dass Du Dich da weiterbildest! In Deutschland wird das Thema massiv unterschätzt. Wie lange brauchen wir noch, Francesca?"

„Wir sind gleich in Savona. Da vorne kommt schon die Mautstelle!"

*

Die taktischen Einheiten drei und vier folgten *U Muto* ab der Ausfahrt Albisola entlang des dicht befahrenen Corso Giuseppe Mazzini auf den Corso Filippo Ferrari. Als Noce rechts in die Via Garibaldi einbog, reagierte Wagen drei zu spät und fuhr den Corso Ferrari weiter in Richtung Torrente.

Die Polizisten der Einheit drei bogen zweimal rechts ab und versuchten, die Verfolgung an der nächsten Kreuzung wieder aufzunehmen. Doch *U Muto* war nicht mehr zu sehen. Einheit vier hatte mehr Glück.

„Hier Einheit vier."

„Wir hören, Einheit vier."

„Zielperson hat den Wagen geparkt und ist in eine Bar gegangen."

„Hausnummer drei?", fragte Caponnetto, der inzwischen neben Bonfatti auf dem Rücksitz des Wagens Platz genommen hatte.

„Positiv. Hausnummer drei."
„Ich kenne den Laden. Das ist eine Bar-Ristorante. Die machen guten Fisch. Wenn wir Glück haben, wird er zum Mittagessen einkehren – dann erwischen wir ihn dort."

Auf Weisung von Nobile fuhr Einheit drei in die Via Nino Bixio, die Parallelstraße zur Via Garibaldi. Die Polizisten sollten dort parken und zu Fuß zur Bar-Ristorante laufen, während Einheit vier im Wagen warten würde.

Zwei Polizisten in Zivil betraten das Lokal und stellten sich an die Theke. An einem einzelnen Tisch zwischen Spielautomat und Toilette saß ein Mann. Ohne Zweifel war dies ein Tisch, den freiwillig niemand wählen würde – es sei denn, er war spielsüchtig oder legte Wert darauf, von der Straße aus nicht gesehen zu werden.

Die beiden Männer bestellten Espresso und leerten die Tassen zügig. Einer lief auf die Straße, um dort zu warten, während der andere in Richtung Toilette ging. Im Vorbeigehen konnte er das Gesicht des Mannes deutlich sehen. Es war *U Muto*.

Während der Polizist mit dem rechten Fuß die Spülung betätigte, schickte er eine Kurznachricht an Nobile. Er wusch sich die Hände und verließ die Bar, ohne nochmals in Noces Richtung zu schauen.

X V

Fünfzehn Minuten später parkten Sestri, Caponnetto und der *Commissario* ihren Wagen in der Via Garibaldi. Sofort lief einer der Polizisten in Zivil auf sie zu. Sein Kopfnicken bedeutete ihnen, dass Noce noch immer im Restaurant saß. Bonfatti übergab seinem Kollegen die Autoschlüssel.

„Ein richtiger Feinschmecker, der Herr", sagte der Polizist, „hat sich *Fritto Misto* bestellt, die große Fischplatte!"

„Oder er wartet auf jemanden!"

„Du meinst auf uns? Denkst Du er hat bemerkt, dass er verfolgt wurde?"

Der *Commissario* blickte Caponnetto fragend an.

„Das werden wir gleich erfahren."

Inzwischen war auch Nobile eingetroffen und stellte sich neben Bonfatti.

„Zwei Beamte sind beim Eingang postiert, zwei weitere am Kellerausgang der Bar."

„Toilette?", fragte der *Commissario*.

„Nur eine und die hat nur ein kleines Kippfenster."

„*Bene, bene.* Grazie *Ispettore*!"

Bonfatti drehte sich zu Caponnetto.

„Also, wollen wir?"

„Wir? Wieso wir?"

„Keine Chance, mein Lieber. Alleine lass ich Dich da nicht reingehen", sagte der *Commissario* bestimmt.

„Was soll er machen, Antonio? Meinst Du, er wird mich mit Messer und Gabel attackieren?

„Das hier ist ein Polizeieinsatz, und soweit ich weiß, bist Du nicht mehr im aktiven Dienst. Allein schon dafür, dass Du hier dabei bist, kann ich Ärger bekommen – das weißt Du genau!"

Bonfatti deutete mit der linken Hand in Richtung Caponnettos rechter Hüfte, wo das Sakko durch die Beretta im Holster leicht abstand.

Caponnetto griff mit der rechten Hand nach hinten, zog das Holster aus dem Gürtel und übergab die Waffe einem der Zivilpolizisten.

„Sag einfach, Du hast mich zur Identifikation der Zielperson benötigt."

„Erklär mir nicht meinen Job", raunzte Bonfatti zurück.

Überrascht von der harschen Reaktion trat Caponnetto einen Schritt zur Seite.

„Nach Ihnen, *Signor Commissario.*"

Den ganzen Vormittag hatte Caponnetto darüber nachgedacht, wie es sein würde, wenn er Noce gegenüberstünde. Noch auf der Fahrt zur Via Garibaldi hatte er überlegt, was er zu Noce sagen würde, wenn sie zusammentrafen. Jetzt, da es der Moment gekommen war, wollte er Bonfatti nicht den Vortritt lassen.

Wenige Meter vor der Bar beschleunigte Caponnetto daher seine Schritte. Zunächst tat er so, als wolle er dem *Commissario* die Tür aufhalten, lief dann jedoch kurzerhand los und betrat vor Bonfatti die Bar.

„Ah, da ist ja mein alter Freund! Schön, Sie nach so langer Zeit wiederzusehen. Bin schon ganz gespannt, was Sie mir alles zu erzählen haben!"

Damit war der Ton für das weitere Gespräch gesetzt. Caponnetto klopfte Noce mit der Linken auf die Schulter, so wie man es unter alten Freunden tut, und fischte sich dann mit der gleichen Hand ein Stück frittierten *calamari* von dessen Teller.

Ein klassisches *fritto misto di pesce* wird aus Garnelen, Tintenfisch und Sardellen zubereitet. Dafür wird der gründlich getrocknete Fisch in Hartweizengrieß oder Mehl gewendet und in Öl frittiert. Nach wenigen Minuten ist der *fritto misto di pesce*, außen schön kross und golden, während er innen köstlich weich bleibt. Als Beilage gibt es kleine frittierte Gemüsestreifen oder – weniger gehaltvoll – einen Salat. Wichtig ist, niemals zu viel Fisch oder Gemüse auf einmal in das heiße Öl zu geben, da sonst die Temperatur sinkt. Sobald das Gemüse und der Fisch goldbraun sind, sollten sie aus der Pfanne genommen und zum Abtropfen auf ein Papiertuch gelegt werden, das das überschüssige Öl aufgesaugt. Erst danach darf das *fritto misto* gesalzen werden, sonst verlieren die Zutaten an Biss.

Caponnetto drehte den Stuhl so, dass die Lehne nach vorne zeigte, und setzte sich mit gespreizten Beinen vor Noce. Dadurch versperrte er ihm zugleich den möglichen Fluchtweg in Richtung Ausgang.

Der *Commissario* hatte sich nach der Überrumpelung wieder gefangen und nahm gegenüber von Noce Platz. Er griff nach der Zitrone auf Noces Teller, beträufelte eine frittierte Sardelle mit etwas Saft und schob sie sich in den Mund.

U Muto schaute nach links und rechts. Er war sicher, dass die beiden Männer nicht allein gekommen waren, und jetzt erkannte er die Silhouette der Männer wieder, die zuvor an der Bar gestanden hatten. Sie standen vor der großen Glasscheibe auf der Straße. Am Ausgang würden weitere Polizisten stehen; das war ihm nun klar.

„Bitte, die Herren: Bedienen Sie sich doch", sagte Noce mit gespielter Großzügigkeit.

„Du brauchst uns nicht einzuladen, wir nehmen uns ohnehin was wir wollen."

Caponnetto boxte Noce leicht in die Seite unterhalb der Rippen und griff sich ein Stück Brot aus dem Korb. Bonfatti nahm vom Nachbartisch zwei Gläser, goss aus der Karaffe Wasser hinein und reichte eines davon Caponnetto.

„Also mein Lieber, wir sind gespannt, was Du uns zu erzählen hast."

Caponnetto gab Noce mit dem linken Daumen einen weiteren leichten Stoß in die Gegend zwischen der elften und zwölften Rippen.

Nun war es Noce, der nach der Zitrone griff, einen Tintenfischring mit Saft beträufelte und zum Mund führte.

Bonfatti griff in seine Sakkotasche und legte die Aufnahmen auf den Tisch, die Noce beim Verlassen des Krankenhauses zeigten. Noce zuckte mit den Schultern.

„Ah, das interessiert Dich nicht? Aber vielleicht interessiert es Dich, dass wir den Sack mit den Knochen gefunden haben."

Ein leichtes Zucken unter Noces rechtem Augenlied entging Caponnetto nicht.

„Schon seltsam, was man alles im Kofferraum eines alten Panda findet!", sagte er in Bonfattis Richtung

„Und auch wenn manche uns Polizisten für dumm, langsam und faul halten...", Bonfatti sah Noce direkt an.

„Wir können so einen Sack ganz schnell zur Gerichtsmedizin fahren."

Wieder ein Zucken bei Noce

„Aber das dauert doch sicher eeeeeewig, bis so ein Haufen Knochen untersucht und das Opfer identifiziert werden kann", sagte Caponnetto nun in gespielter Naivität.

Von Spannungen zwischen ihm und Bonfatti war keine Spur mehr zu sehen. Das Zusammenspiel der beiden Freunde klappt perfekt. Der *Commissario* trank sein Glas leer und schenkte sich Wasser nach.

„Mein lieber Caponnetto, Du denkst ja wie ein dummer Bauer."

Die Anspielung auf Noces Herkunft aus einem Bauerndorf in Kalabrien verfehlte ihre Wirkung nicht.

„Basta", krächzte *U Muto*.

„Genug von diesem Geschwätz!"

Caponnetto erhob sich, drehte den Stuhl um, setzte sich wieder und lehnte sich zurück. Trotz seiner entspannten Haltung blieb er wachsam, bereit, Noce aufzuhalten, falls dieser versuchen sollte, zur Tür zu fliehen. Doch Noce blieb sitzen – offenbar geschlagen.

„Mein Schwager!"

„Ich verstehe nicht", entgegnete der *Commissario*.

„Der Tote war mein Schwager Stefano Malaparte, der Ehemann meiner jüngeren Schwester Maria."

Caponnetto und Bonfatti schauten sich verblüfft an und nickten Noce zu, indem sie das Kinn kurz nach oben zogen. Caponnetto trommelte mit den Fingern der rechten Hand auf den Tisch und sagte: „Du hast in der Zeitung über die Ausgrabungen gelesen. Das wissen wir schon."

Noce zeigte sich überrascht.

„Weiter, weiter. Ich habe nicht den ganzen Tag Zeit", drängte Bonfatti, „wer hat Ihren Schwager umgebracht, wann, wo, warum?"

Ein Zucken durchzog Caponnettos Gesicht. Ohne Not hatte Bonfatti preisgegeben, wie wenig sie tatsächlich über den Fall wussten. Caponnetto konnte sich nicht erklären, wie seinem Freund ein solcher Fehler unterlaufen konnte.

In seinem Kopf ratterte es. Caponnetto überlegte, wie die Vorgeschichte ausgesehen haben könnte. In Sekunden spielte er verschiedene Szenarien durch und prüfte sie auf Plausibilität.

Unterdessen lehnte sich *U Muto* entspannt zurück.

„Wenn ich eine Aussage mache und Ihre Fragen beantworte, *Signor Commissario*, was bekomme ich dafür?"

Bonfatti erkannte seinen Fehler und blickte Caponnetto an. Dieser trat ihm unauffällig unter dem Tisch gegen den Knöchel zum Zeichen, er solle schweigen.

Caponnetto musste jetzt die Initiative ergreifen. Wieder klopfte er auf den Tisch. Dieses Mal mit der flachen Hand.

„Es wird spät. Um das hier abzukürzen, schlage ich vor, wir überspringen den Teil mit den freundlichen Fragen."

Er sah Bonfatti auffordernd an und kickte ihn erneut unter dem Tisch leicht mit dem Fuß; nun als Aufforderung, ihm zuzustimmen.

„Ja, überspringen wir diesen Teil", pflichtete der *Commissario* nach einem kurzen Räuspern mit kräftiger Stimme bei.

In Caponnettos Kopf drehten sich die Gedanken weiter rasend, gerade so wie die Räder des Glückspielautomaten an der Wand gegenüber. Caponnetto drückt auf »Stopp«.

Die drei Sätze, bei denen die rotierenden Gedanken in seinem Kopf stehen blieben, waren:

„Noce wir wissen, dass Du Deinen Schwager Stefano Malaparte umgebracht hast. Als Du von der Ausgrabung erfahren hast, musstest Du handeln. Du bist aus dem Gefängnis abgehauen, um die Knochen an Dich zu bringen."

Bonfatti setzte ein Pokerface auf und überlegte, wie wahrscheinlich dieses Szenario tatsächlich war und wie Caponnetto zu dieser Schlussfolgerung gekommen sein konnte.

Noce zog die Mundwinkel schief.

„Sie gehen mir auf den Sack, *Capitano*!"

Caponnetto wusste, dass er richtig lag.

›Na also‹, dachte er und blickte Noce ungerührt an.

„Stefano hat ein Mädchen kennengelernt, aus Osteuropa", Noce gluckste verächtlich.

„Und?"

„Die Bosse haben das ignoriert, sie wollten ihm seinen Spaß lassen, aber dann …"

„Dann ist etwas passiert, das die Bosse nicht ignorieren konnten?!"

„Die blöde Kuh hat Stefano den Kopf verdreht und ihm eingeredet, sie könnten zusammen ein neues Leben anfangen. Er wollte zur Polizei, wollte ins Schutzprogramm ..."

„Die Bosse haben davon Wind bekommen und Dich beauftragt, den Mann Deiner Schwester zu töten?", ergänzte Caponnetto.

Noce nickte.

„Wie?", fragte Bonfatti, „Wie haben die Bosse davon erfahren?"

Noce schaute stoisch zwischen den beiden Männern hindurch. Bonfatti legte seine linke Hand auf Caponnettos Unterarm.

„Komm lass uns gehen. Wir sollten den *Questore* informieren und eine Pressekonferenz einberufen."

Mit dieser Bemerkung hatte der *Commissario* einen Wirkungstreffer gelandet. Noce schüttelte den Kopf, wie jemand, der gerade eine Ohrfeige bekommen hatte.

„Ein Freund unserer Freunde von der Insel, durch ihn haben wir es erfahren."

„Und weiter?", fragte Caponnetto.

„Die Bosse wollten nicht, dass Stefanos Verrat die Runde machte, also sollte alles im engsten Kreis bleiben. Meiner Schwester und allen anderen haben wir gesagt, Stefano sei untergetaucht."

„In Wahrheit hast Du ihn umgebracht und in Albisola vergraben", stellte Caponnetto fest.

„Genau. Meine Schwester wusste nichts von seiner Liebschaft. Es hätte ihr das Herz gebrochen."

„Und wenn er wirklich…"

„Wenn er Kronzeuge geworden wäre, hätte es auch für meine Schwester ein böses Ende nehmen können."

U Muto presste die Worte zwischen fast geschlossenen Lippen hervor.

„Okay. Also, Sie bringen Ihren Schwager um – aber warum das Risiko eingehen, ihn zu vergraben? Warum ihn nicht wie sonst einfach...", der *Commissario* machte eine Pause, „verschwinden lassen?"

„Sie meinen in Säure auflösen? So einfach ist das nicht, *Signor Commissario*. Sie müssen wissen, man braucht dafür eine stabile Tonne oder eine Wanne und einige Liter Säure. Es dauert ja auch eine Weile, bis der Körper vollständig aufgelöst ist, und es bleiben Rückstände."

„Das heißt man braucht ein sicheres Versteck, und das hattest Du hier in der Gegend nicht", nahm Caponnetto den Gedanken auf.

„Genau, und außerdem war Stefano ja der Mann meiner Schwester. Auch wenn er einen schweren Fehler gemacht hat, dachte ich doch, als guter Christenmensch verdient er wenigstens ein Grab."

›Eine schöne Doppelmoral‹, dachte Caponnetto.

„Und da hast Du ihn unter den Resten einer antiken Villa verscharrt. Ein wirklich schönes Grab", sagte er spöttisch.

„Naja, ich dachte, hier wird ihn in hundert Jahren niemand stören. Hätte ich ihn auf irgendeinem Acker vergraben, und jemand hätte dort eine Wohnsiedlung oder ein Einkaufszentrum gebaut..."

„Und was hast Du Deiner Schwester erzählt?"

„Ihr und allen anderen haben wir gesagt, dass Stefano in den Bergen sei und es ihm gut gehe. Ich habe ihr dann ab und zu Botschaften überbracht"

„Botschaften, die Du selbst geschrieben hast!"

„Ja, ich habe ihr Grüße ausgerichtet, dass Stefano an sie denke, dass er sie bald zu sich holen werde … lauter so einen Scheiß."

„Und seiner Freundin aus Osteuropa, haben Sie die gleiche Geschichte erzählt?"

Bonfatti blickte Noce in die Augen. *U Muto* schnalzte mit der Zunge.

„Ihr habt sie umgebracht?"

„*Signor Commissario*, wir sind doch keine Tiere." Wieder gluckste Noce.

„Wir sind Geschäftsleute. Wir haben Sie den Albanern überlassen." Noce grinste breit, „die haben sie in eines ihrer Bordelle gebracht."

Bonfatti nahm einen tiefen Atemzug. Caponnetto schaute erst zum *Commissario*, dann zu Noce.

„Zurück zu dem Tippgeber, kennst Du ihn?"

Noce schnalzte erneut mit der Zunge.

„Ich sagte doch schon, es war ein Freund unserer Freunde."

„Eurer Freunde aus Sizilien?", hakte Bonfatti nach. Noce nickte, nahm einen Zahnstocher aus dem Gewürzständer und streifte das Papier ab.

„Glauben Sie mir, *Signor Commissario*, es ist besser für mich und für Sie, wenn Sie nicht weiterfragen."

Noce steckte den Zahnstocher in den Mund.

„Wollen wir?", fragte Noce und streckte Bonfatti beide Hände entgegen, damit dieser ihm Handschellen anlegen konnte.

XVI

Zwischen 20 Uhr und 20:30 Uhr fanden sich nach und nach in der *Osteria Il Golfo* ein: Antonio Bonfatti in Begleitung von Cristina Donati, Giuseppe Caponnetto, Andrea Wagner und Francesca Nobile.

Es war ein milder Frühlingsabend. Der Himmel über Ligurien leuchtete in sanften Rosatönen. Als die Sonne langsam verschwand und die ersten Sterne auftauchten, loderte in Giulia Lenti noch immer ein Feuer, und sie versuchte erst gar nicht ihren Ärger zu verbergen.

„Also ich muss schon sagen: das Ohrfeigengesicht hat wirklich Nerven! Lässt hier anrufen und reserviert fünf Plätze auf seinen Namen!", sagte sie zu Conchetta.

Antonio Bonfatti und Cristina Donati ahnten nichts von der Begegnung zwischen Caponnetto und Giulia am Vortag. Sie wussten auch nicht, dass Giulia am Morgen mit einer Tüte Brioche bei Caponnetto vorgefahren war – genau in dem Moment, als dieser mit einer rothaarigen Frau aus dem Haus trat. Die beiden waren so in ihr Gespräch vertieft, dass sie Giulia gar nicht bemerkt hatten.

Bei Giulia hingegen saß der Stachel tief und bohrte sich direkt in ihr Herz, wo er seit dem Morgen unaufhörlich rieb und die Wunde stetig vergrößerte.

Mit entschlossenem Griff nahm sie zwei Wassergläser und eine Karaffe vom Tablett und stellte sie mit festem Nachdruck auf den Tisch vor ihren verblüfften Gästen ab. Bonfatti und Donati schauten sich unschlüssig an.

„Alles klar, Giulia?"

„Ja, natürlich, ALLES ist klar, was denn sonst?" Die Antwort kam halb fauchend, halb weinerlich. Bonfatti wollte gerade ansetzen, eine weitere Frage zu stellen, als Cristina ihm ihre Hand auf den Schoss legte. Sie stand auf und lief Giulia hinterher, die sich eilig von der Terrasse in Richtung Küche entfernt hatte.

„So ein Ohrfeigengesicht", schluchzte Giulia, als Cristina sie eingeholt und eine Hand auf ihre Schulter gelegt hatte.

„Mittags erzählt er mir hier sonst was, aber wenn die Nacht kommt, dann ist alles vergessen und es wird gevögelt was gerade zur Hand ist. *Che stronzo!*"

Aus dem Augenwinkel konnte Cristina sehen, dass Caponnetto eben die Terrasse betrat, und zwar in Begleitung von zwei Frauen.

„Bestimmt ist alles nur ein Missverständnis, das sich ganz leicht aufklären lässt", versuchte sie Giulia aufzumuntern.

„Ich rede mit ihm, ok?"

„Er soll sich zum Teufel scheren, der Mistkerl"
›Das interpretiere ich mal großzügig als ja‹, dachte Cristina und winkte Conchetta zu sich. Die Küchenhilfe hatte die Szenerie neugierig aus einigen Metern Abstand beobachtet und trottete nun unwillig auf Giulia und Cristina zu.

Bonfatti, der sich zur Begrüßung erhoben hatte, stand neben Wagner, Nobile und Caponnetto. Cristina lief auf Caponnetto zu, hängte sich bei ihm ein und zog ihn ein paar Meter in Richtung Straße.

„Also, mein lieber Giuseppe, mich geht ja Dein Liebesleben nichts an, aber wenn wir heute Abend hier noch etwas essen wollen, was kein Rattengift beigemischt hat, solltest Du schleunigst der Dame des Hauses Deine Aufwartung machen."

Caponnetto schaute Cristina verwundert an und schüttelte leicht den Kopf.

„Ich verstehe nur Bahnhof. Giulia und ich hatten gestern, also wir waren… Dann hast Du angerufen, und ich bin sofort losgefahren. Seither habe ich Giulia nicht mehr gesehen."

„Mir musst Du das nicht erklären. Mit ihr solltest Du sprechen. Giulia denkt Du hättest etwas mit einer anderen Frau, was weiß denn ich?! Sie hat Euch wohl zusammen bei Dir zuhause gesehen!"

Caponnetto schaute zu Andrea Wagner hinüber, die mit Francesca Nobile sprach; den Kopf leicht zur Seite geneigt, während sie verspielt mit ihrer linken Hand durch ihr rotes Haar fuhr.

Conchetta löste sich von Giulia, als sie Caponnetto kommen sah, lief auf ihn zu und hielt die Hände abwehrend vor sich.

„Ist vielleicht besser, wenn Sie und Ihre Gäste ein anderes Mal kommen …"

„Giulia, bitte. Rede mit mir!"

Caponnetto schob die Hilfsköchin zur Seite.

„Es stimmt. Bei mir hat eine Frau übernachtet, aber es ist nicht, wie Du denkst. Sie ist eine Kollegin. Die deutsche Polizei hat einen Fehler bei der

Hotelbuchung für sie gemacht und da habe ich ihr das Gästezimmer angeboten."

Nach einer kurzen Pause fügte er hinzu: „Giulia, bitte!"

Giulia drehte sich um und rieb ihre roten Augen. Verschmierte Schminke hinterließ dunkle Spuren auf ihren Wangen.

„Eine Polizistin aus Deutschland, sagst Du?"

„Ja, Hering hat sie geschickt. Manfredo aus München. Ich habe Dir doch von ihm erzählt. Wir hatten heute alle zusammen einen Einsatz!"

„Was meinst Du damit? Was für einen Einsatz? Du bist doch im Ruhestand!"

„Ach, *Amore*. Einmal Polizist, immer Polizist."

Sie lächelte. Caponnetto nahm ihren Kopf zwischen seine Hände und küsste sie auf die Stirn. Giulia zog ihn zu sich und küsste ihn auf den Mund.

Hinter ihnen räusperte sich Conchetta, erst leise, dann, weil das Paar sie ignorierte, etwas lauter.

„Hrmm…. Ahem".

Schließlich tippte sie Caponnetto auf die Schulter.

„Schluss jetzt mit der Küsserei. Ist ja schön, dass nun alles geklärt ist, aber wie sagt man so schön. *Pancia piena, cuore contento.*"

Conchettas Erinnerung an die Redewendung, wonach erst ein voller Bauch die Voraussetzung für ein wirklich glückliches Herz sei, wirkte wie ein Eimer kaltes Wasser auf das Paar. Caponnetto und Giulia lösten sich aus ihrer Umarmung.

Giulia fuhr zweimal, dreimal mit den Handflächen über ihre Schürze, um diese glatt zu streichen, und ging dann ins Bad, um sich das Gesicht zu waschen und sich zu schminken. Caponnetto drehte sich zu Conchetta und hob in spielerisch drohender Geste den rechten Zeigefinger.

„Und Sie, Sie werden sich heute richtig ins Zeug legen und etwas Leckeres kochen!"

Er kniff die alte Dame sanft in die Wange.

„Aber nicht zu lecker, Sie wissen ja Liebe geht durch den Magen; nicht dass ich mich am Ende auch noch in Sie verliebe."

Conchetta grinste schief und wedelte mit dem Geschirrhandtuch in ihrer Hand, um Caponnetto aus der Küche zu vertreiben, wie eine lästige Fliege.

Auf der Terrasse hatte der *Commissario* inzwischen seinen Bericht beendet.

„…dann streckte Noce mir die Hände entgegen."

„Und Sie, wie haben Sie reagiert?" fragte Wagner.

Bonfatti lachte.

„Ich? Gar nicht! Caponnetto war schneller: Er griff nach Noces rechter Hand, drückte sie gegen dessen Brust. Noce kippte nach hinten und Caponnetto fegte ihm das Stuhlbein weg. Im Fallen zog Noce das Tischtuch herunter. Es war eine wahnsinnige Sauerei!"

Bonfatti zappelte etwas auf seinem Stuhl herum, um die Szene nachzustellen, allerdings ohne Teller, Karaffe, Brotkorb und Gewürzständer vom Tisch zu ziehen. Das Trio lachte.

„Dann hat sich Caponnetto zu ihm heruntergebeugt und ihm etwas ins Ohr geflüstert."

„Was hat er denn gesagt?", wollte Nobile wissen.

„Das weiß ich selbst nicht. Aber wir werden es hoffentlich gleich erfahren, sobald er sich wieder zu uns gesellt."

Der *Commissario* zeigte auf Caponnetto.

„Jedenfalls wurde Noce dann plötzlich sehr blass."

Giulia trat an den Tisch. An der einen Hand hatte sie Caponnetto, in der anderen Hand vier Speisekarten.

„Was hast Du Noce denn gesagt Giuseppe, dass ihn so erschreckt hat?" fragte Cristina Donati.

„Ich habe ihn daran erinnert, dass ich nicht mehr im Dienst bin und daher tun und lassen kann, was ich will."

„Und deswegen ist er blass geworden?", wunderte sich Wagner.

„Ich sagte ihm, dass ich zum Beispiel mit der Presse reden und Gerüchte streuen kann, dass *U Muto* jetzt mit der Polizei kooperiert, oder an meinen freien Tagen – von denen ich ja reichlich habe – mit dem Auto nach Kalabrien fahren kann, um seiner Schwester einen Besuch abzustatten ..."

Bonfatti ergänzte: „Und ihr Dein Beileid auszusprechen. *Già*, jetzt verstehe ich, warum Noce blass geworden ist."

„Ich habe ihm eine Frist bis morgen Früh um neun Uhr gesetzt."

„Und Sie glauben, er knickt ein?", erkundigte sich Nobile.

„*Mah*", sagte *Caponnetto* und fuhr sich mit dem Handrücken seiner Rechten vom Halsansatz zum Kinn. Wagner schaute rüber zu Nobile und flüsterte, „Ich verstehe zwar Italienisch und kann mich auch kann mich auch ganz gut verständlich machen, aber was das bedeutet", – Wagner machte Caponnettos Geste etwas verstohlen nach – „das habe ich nicht kapiert."

„Wonach sieht es denn aus?", fragte Caponnetto, der sie beobachtet hatte.

„Naja, irgendwie sieht es so aus, als ob es Dir egal wäre, aber das verstehe ich nicht."

„*Brava*, Dein Italienisch ist besser als Du denkst: Ich bin nicht auf seine Kooperation angewiesen, aber ich würde mich freuen, wenn er in die Knie geht."

Wagner wollte zu einer Frage ansetzen, aber Caponnetto stoppte sie.

„Morgen ist Morgen. Jetzt wollen wir etwas essen und feiern, dass wir Noce geschnappt haben."
Cristina schob den Wasserkrug zur Seite, klappte ihre Speisekarte auf und drehte sich zu Giulia.

„Was kannst Du uns zur Feier des Tages empfehlen?"

*

Als Caponnetto und seine Freunde vom Tisch in der Osteria aufgestanden waren, ging eine Nachricht auf seinem *cellulare* ein. Zur gleichen Zeit erhielt auch Bonfatti dieselbe Mitteilung.

Der diensthabende Beamte informierte sie, dass Noce gerne noch mit Caponnetto sprechen möchte, bevor er am Morgen zum Flughafen nach Genua gebracht wird.

Bonfatti schaute Caponnetto an und hob das Kinn – eine Geste, die so viel bedeutete wie: „Was hältst Du davon?!"

Caponnetto lächelte verschmitzt, legte seinen Arm um Giulias Schulter und sagte: „Dann sehen wir uns morgen um neun Uhr in der *Questura, Signor Commissario*?"

XVII

Ein Krug kann Wasser, Wein oder Milch fassen. Seine Form bleibt immer gleich, egal welchem Zweck er dient. Der Krug ändert seine Form nicht; er kann sie nicht ändern und hat keinen Einfluss darauf, was seine Form fasst. Ein Mensch hingegen kann seine Form verändern – und auch ihren Inhalt. Er kann sich entwickeln und selbst bestimmen, was seine Form und seinen Inhalt ausmacht. Er kann gut sein, sich bessern oder aufgeben. Und selbst wenn der Mensch sich nicht ändert, so ist es doch immer er, der darüber entscheidet.

Während Caponnetto diese und andere Gedanken durch den Kopf gingen, suchte er in Giulias Küche nach der Moka, befüllte sie und stellte sie auf den Herd. Giulia schlief noch und das sollte auch so bleiben. Wenn sie später aufwachte, wäre er bereits im Polizeipräsidium von Savona.

*

Caponnetto schaute im Besuchszimmer der *Questura* umher, als wartete er darauf, dass sein Gegenüber ihn danach fragte, wonach er suche.

Gerade als *U Muto* ansetzen wollte, diese Frage zu stellen, kam Caponnetto ihm mit der Antwort zuvor.

„Schade, dass Rauchen hier nicht mehr erlaubt ist", sagte er und wartete wieder einen Moment länger, als es üblich war.

„Wusste gar nicht, dass Sie rauchen, *Capitano*", presste der Mann zwischen halb geschlossenen Lippen hervor.

„Tue ich auch nicht, aber dann wäre die Szene hier noch viel dramatischer. Dann hätte ich diesen Zettel hier", Caponnetto hielt Noce den zusammengefalteten Zettel entgegen, „den Zettel mit der Nachricht, die Sie mir geschrieben haben, angezündet, so wie es ihre Freunde mit den Madonnenbildchen machen".

Caponnetto spielte damit auf ein Aufnahmeritual an, das sowohl bei der sizilianischen Cosa Nostra als auch bei der kalabrischen `Ndrangheta verbreitet war.

„Ist doch so Noce, oder? Der Rekrut schwört dem Clan Treue und Verschwiegenheit. Dabei wird ein Heiligenbild, insbesondere das der Heiligen Jungfrau Maria, verwendet. Das Bild wird geküsst und manchmal auch nach einem Schnitt in den Finger mit etwas Blut darauf beträufelt."

„Sie schauen zu viele Krimis", sagte Noce.

„Und dann wird das Bild verbrannt und der Rekrut muss es in den Händen halten – auf dass er so brennen möge wie das Bild, falls er seinen Treueschwur brechen sollte."

Während Caponnetto das sagte, zerriss er den Zettel, den ihm Noce zu Beginn des Treffens hingelegt hatte, in viele kleine Teile und legte diese wie ein Puzzle vor sich auf den Tisch. Noce, vollkommen überrascht, schob die Papierfetzen von sich weg wie krabbelnde Käfer, die ihn ekelten. Caponnetto blickte auf die Wanduhr.

„So, es wird spät. Wir haben beide eine lange Reise vor uns. Du zurück nach Deutschland und ich – na ja, Du weißt ja, wie lange man unterwegs ist. Es ist ein ganz schön weiter Weg bis nach San Luca!"

Noce schaute ihn verständnislos an.

„Der Stimme nach ist Deine Schwester viel jünger als Du, ich bin sehr gespannt, wie sie aussieht."

„Sie Schwein, wir hatten eine Abmachung! Ich habe meinen Teil eingehalten."

„Sie haben eine Nummer oder einen Namen auf einen Zettel geschrieben, den ich nie gelesen habe", er deutete auf die Schnipsel.

„Also, warum sollte ich der armen Maria nicht sagen, was sie schon lange vermutet: dass ihr lieber Stefano tot ist."

„Sie werden ihr nicht sagen, dass ich ihren Mann", wütete Noce.

Caponnetto sprach mit fester, lauter Stimme weiter, „... und Maria überdies Stefanos Knochen übergeben. Dann kann sie ihren Mann beerdigen und täglich sein Grab besuchen, wenn sie möchte."

Überwältigt von Wut und Zorn krächzte Noce, „Auf dem Zettel stand eine wichtige Nummer. Das wirst Du bereuen, *Capitano. Ti apro come una cozza!*"

Der Wachmann, der neben der Tür stand, war amüsiert. Diese vulgäre Redewendung hatte er schon lange nicht mehr gehört. Jemanden „zu öffnen wie eine Muschel", war die Drohung, ihn „in Stücke zu reißen", eben weil Muscheln schwer zu öffnen sind, wenn man nicht die richtige Technik hat. Er dachte daran, wie er und die Kinder der Nachbarschaft sich beim Spielen auf der Straße den Satz zugerufen hatten, wenn sie sich über etwas nicht einigen konnten, und einer aus der Gruppe besonders potent wirken wollte.

Caponnetto, der den Spruch nicht nur aus Kindertagen kannte, blieb unerschrocken.

„Also wirklich Noce, von einem wie Dir hätte ich erwartet, dass Du mich besser kennst."

Caponnetto erhob sich. Sogleich machte sich die Wache bereit, die Tür zu öffnen.

„Mord ist ein Offizialdelikt, und Du hast den Mord an Deinem Schwager gestanden. Ich bin kein Ehrenmann, zumindest nicht so, wie Du dieses Wort verstehst. Ich bin Giuseppe Caponnetto", leise ergänzte er, „Ex-*Capitano* der *Carabinieri*."

Caponnetto drehte Noce den Rücken zu und ging zur Tür.

„Die Nummer auf dem Zettel brauche ich gar nicht anzurufen. Ich kann mir denken, wessen Stimme ich hören würde."

„Wie lange wissen Sie es schon?", zischte *U Muto* irritiert.

An der Schwelle hielt Caponnetto kurz inne und hob die rechte Hand. Ohne sich umzudrehen, flüsterte er: „*A Dio* Noce, *A Dio*."

*

EPILOG

Wagners Telefon klingelte. Sie schaute auf das Display und war verwundert.

„Entschuldigt, das ist mein Chef", sagte sie und erhob sich.

„Schöne Grüße!", Caponnetto lächelte.

„Es ist nicht Hering. Es ist mein Chef im 62er."

Sie nahm den Anruf an und lief einige Meter Richtung Straße. Nobile, Bonfatti, Caponnetto, die sich zum Mittagstisch mit Wagner in der *Osteria Il Golfo* getroffen hatten, um sich von ihr zu verabschieden, konnten aus der Ferne nur hören, wie die Fahnderin „Guten Tag" sagte.

Nobile blickte in drei fragende Gesichter und sagte, wobei sie versuchte möglichst beiläufig zu klingen, „Ich glaube, Sie meint ihre Abteilung beim Landeskriminalamt Bayern: Dezernat 62 ist die Abteilung für Organisierte Kriminalität, Schwerpunkt Falschgeld."

In einigen Metern Abstand hörte Andrea Wagner die sonore, gut gelaunte Stimme ihres Chefs.

„Gute Arbeit, Wagner. Sie wissen noch, was ich Ihnen am ersten Tag bei uns gesagt habe."

„Dass Sie sich manchmal verhalten wie ein Arsch, aber es nicht so meinen?"

„Nein, das habe ich nie gesagt!", entgegnete er mit gespielter Entrüstung.

„Ach so, dann meinen Sie das Andere: dass Sie mich niemals anlügen würden, mir aber vielleicht auch nicht immer gleich die ganze Wahrheit erzählen würden."

„Ja, jetzt sind wir beisammen."

›Komischer Typ‹, dachte Wagner und war gespannt, welche ihr noch unbekannte Wahrheit ihr Chef nun gleich enthüllen würde.

„Es ist so, Wagner: Vor einigen Wochen wurden wir von einem aufmerksamen Mitarbeiter einer Bank in München informiert, dass dort von verschiedenen Personen in mehreren Tranchen Bargeld eingezahlt wurde, immer knapp unter der Meldegrenze."

„Und warum hat er es dann gemeldet? Gingen alle Einzahlungen auf das gleiche Konto?"

„Nein, es waren verschiedene Konten, aber bei einer der ersten Einzahlungen war der Angestellte misstrauisch geworden, weil es nur 50-Euro-Scheine waren. Er hatte dann heimlich einen Schein markiert."

„Und den hat er zur Polizei gebracht", ergänzte Wagner.

„Lassen Sie mich raten: Es war Falschgeld!"

„Ja, aber nicht irgendwelche Blüten. Die hätte der Mann aus der Bank selbst erkannt; es waren Blüten bester Qualität!"

„Napoli-Klasse?", fragte Wagner elektrisiert.

„Bingo!"

„Und dann haben Sie die anderen Einzahlungen kontrolliert und noch mehr Blüten gefunden."

„Ja genau, und wir haben uns die Geldströme der vergangenen 18 Monate angeschaut und sind dabei auf eine laufende Ermittlung der italienischen Kollegen gestoßen."

›Follow the Money‹, dachte Wagner.

"Jetzt lassen Sie mich raten: alle Einzahlungen führten am Ende zu zwei oder drei Empfängern"

„Zwei um genau zu sein, der eine war ein Mittelsmann, der das Geld wiederum an Waffenhändler durchreichte."

„Und der andere Empfänger?"

„Dessen Spur verliert sich in Genua. Es ist kompliziert, aber wir und die italienischen Kollegen der Anti-Mafia-Behörde DIA sowie die *Carabinieri ROS* vermuten, dass mit dem Geld ein Beamter bestochen wurde, möglicherweise jemand im Justizapparat."

Wagners Puls beschleunigte sich. Dann stellte ihr Chef endlich die Frage, auf die sie gehofft hatte.

„Würde es Ihnen etwas ausmachen, Ihren Einsatz in Ligurien zu verlängern? Ich denke dabei eher an Wochen als an Tage."

„Und Hering?", fragte Wagner zögernd.

„Kriminalhauptkommissar Hering ist informiert. Er gratuliert zur Ergreifung von Simone Noce und unterstützt diese Ermittlung sowie Ihren Einsatz nach besten Kräften."

Wagner schaute rüber zur Osteria und der geselligen Runde am Tisch. Ihr rotes Haar wehte im Wind.

„Und mit wem werde ich hier vor Ort zusammenarbeiten?"

„Das ist gerade noch in der Klärung. Sie wissen ja, wie kompliziert es mit den Zuständigkeiten in Italien ist: *Polizia di Stato, Carabinieri,* Finanzpolizei. Die Anti-Mafia-Behörde *DIA* hat die Leitung und soll die Polizeibehörden koordinieren, aber das ist …"

„… kompliziert. Ja, das hatten Sie schon erwähnt."
Die Neigung ihres Chefs, sich zu wiederholen,
machte sie nervös, sie spürte Ungeduld.

„Also wenn Sie meinen, dass ich hier noch
gebraucht werde, bin ich natürlich dabei.
Ausführliches Briefing dann am Montag?", versuchte
Wagner das Gespräch in freundlichem Ton
abzuschließen.

„Zehn Uhr, bis dahin kein Wort zu niemandem",
sagte der Leiter des 62er bestimmt und beendete das
Gespräch. Er hob den rechten Daumen.
Kriminalhauptkommissar Hering, der ihm
gegenübersaß, lächelte zufrieden.

Als sich Wagner wieder dem Tisch näherte, kam ihr
Caponnetto entgegen. Er war auf der Toilette
gewesen und machte nun, statt direkt zu den anderen
an den Tisch zu gehen, einen Bogen und lief auf
Wagner zu.

„*Tutto bene?*", fragte er.

„Ja, alles in Ordnung." Sie lächelte. „Ich kann nur
nicht darüber reden, jedenfalls noch nicht. Aber ja,
tutto bene!"

„Das freut mich zu hören, Rea. Du bist eine gute
Polizistin und ein guter Mensch. Du hast es verdient,
dass es Dir gut geht!", sagte Caponnetto.

Wagner war überrascht von diesem unerwarteten
Kompliment und dem Mitgefühl, das Caponnetto
zeigte.

Ihr fiel zunächst nichts Besseres ein, als zu
salutieren, indem sie ihre rechte Hand zur Schläfe
führte und dann schnell nach vorne schob.

„Auch Dir soll es gut gehen", sagte sie und ergänzte: „Weißt Du *Capitano*, mein Großvater hat häufig etwas zu mir gesagt, was ich nicht wirklich verstanden habe, als ich noch jung war."

Sie schaute rüber zum Tisch.

„Aber inzwischen hast Du die Bedeutung verstanden? Jetzt bin ich neugierig!", entgegnete Caponnetto.

„Mein Großvater sagte: Im Leben fahren einige wenige gute Züge. Diese wenigen guten Züge können in ganz unterschiedliche Richtungen fahren, aber eines haben sie alle gemeinsam: Man muss zum Bahnhof gehen, um sie zu besteigen."

Caponnetto drückte stumm Wagners Hand und lief in Richtung Straße. Im Weggehen rief er, „Bitte entschuldige mich bei den anderen. Ich muss etwas Wichtiges erledigen."

*

Auf dem Rücksitz des schwarzen SUVs flogen Marinis Finger rhythmisch über die Mittelkonsole. Der General trommelte den Radetzkymarsch: badabam, badabam, badabam-bam-bam …

Mit der Linken öffnete er das Fenster und spürte sofort die Meeresbrise an seinen Wangen, roch den süßlichen Duft, schmeckte die salzige Luft.

Als er das Signal einer eingehenden Nachricht hörte, unterbrach er sein Trommelkonzert und griff nach dem Mobiltelefon, das ihm sein Fahrer wortlos nach hinten reichte.

General Marini las die Nachricht und nickte zufrieden.

„Willkommen zu Hause, Giuseppe", sagte er leise.

„Willkommen zu Hause."

Ein sanftes Tippen mit zwei Fingern neben die Nackenstütze des Fahrers genügte. Die Kolonne setzte sich in Richtung Savona in Bewegung.